Georges Courteline

Boubouroche

L'ouvrage complet, 95 centimes

Boubouroche

Paris. — Imprimerie L. Pocus 117, rue Vieille-du-Temple.

GEORGES COURTELINE

Boubouroche

ILLUSTRATIONS
DE
F. GOTTLOB

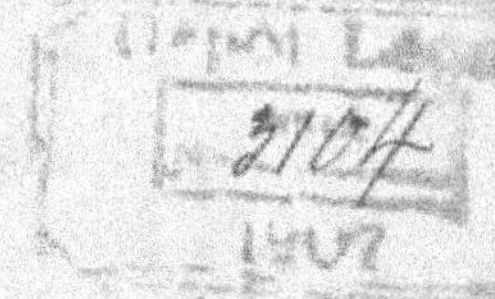

PARIS
CALMANN-LÉVY, ÉDITEURS
3, RUE AUBER, 3

BOUBOUROCHE

I

Ce soir-là, le petit café où Boubouroche venait quotidiennement s'enfiler des « demis » en jouant la manille aux enchères de compagnie avec ses fidèles complices, les sieurs Roth, Potasse et Fouettard, défiait le fâcheux coulage ennemi où des limonadiers, étant veuf de toute clientèle.

Par-dessus les mousselines salies qui en masquaient l'intérieur aux passants, Boubouroche dressé sur ses pointes en embrassa d'un seul coup le désespérant délaissé : les deux colonnes jumelles court-vêtues de velours rouge, hérissées de patères qui imploraient le vide ; les banquettes aux dossiers de molesquine glacée, creusés, à espaces réguliers, de matelassés où des ventres de vierges alternaient avec des nombrils ; le comptoir en forme d'autel ; le reflet, répété à l'infini dans un vis-à-vis de miroirs, des quatre becs de gaz brûlant pour le roi de Prusse au sein de suspensions aux bajoues élargies évoquant l'auguste faciès de Louis-Philippe Ier, roi de France ;

enfin le bel ordre des tables, aux marbres couleur de saindoux, truffés comme des dindes un soir de réveillon.

Cet aperçu, cueilli au vol, mit un pli d'inquiétude au front de Boubouroche, lequel, méthodique en ses petites dé-

IL TIRA SA MONTRE...

bauches, ne se voyait pas sans chagrin amputé du plaisir de brailler : « ... douze !... vingt !... trente ! » d'une voix de sonneur en ripaille, en pesant, d'un coup d'œil d'expert habile aux estimations promptes, la valeur marchande de ses jeux.

Ayant fait fonctionner le bec-de-cane de la porte, puis, par l'entre-bâillement de ladite, avancé son large visage que secoua un petit salut à l'adresse de la caissière :

— Ces messieurs ne sont pas là, Amédée? demanda-t-il.

Hélas !...

Au seul sourire, triste et doux, d'Amédée soudain arrachée à son somme et répondant « qu'à moins d'un hasard improbable on ne verrait pas ces messieurs ce soir-là », il comprit l'affreuse vérité !

C'était la fin de mois, parbleu ! la fin de mois dure et cruelle aux petites bourses, par conséquent à celles des sieurs Fouettard, Roth et Potasse, personnages de conditions humbles, de qui les mois de trente et un jours chahutaient sept fois l'an le budget de dépenses, fractionné seulement par trentièmes.

— Eh flûte ! s'exclama Boubouroche qui prit congé en ces termes concis, et dont la face, un instant aperçue, s'évanouit, pareille à cette ombre légère si éloquemment évoquée, à l'acte II du *Pardon de Ploërmel*, par les lèvres de Déborah.

Une minute hésitant, dérouté à l'envisagé d'une soirée tout entière perdue, il tira de son gousset sa montre et constata qu'il était moins de neuf heures.

Alors :

— Au fait !... murmura-t-il.

Et ayant décidé de monter chez Adèle, lui donner le bonsoir avant de s'aller coucher, il alluma une cigarette et s'achemina vers le boulevard Magenta.

II

C'était une façon de colosse, mastoc et apoplectique de qui riaient les yeux ingénus de bébé dans une figure de gros mufle.

Très pur et d'une tendresse avide de câlineries, sans aucun des appétits de brute qu'il suait par chaque pore de la peau, il avait, la quarantaine proche, gardé cette fraîcheur de cœur des gens profondément aimants qu'a inassouvis en de trop rares amours une naturelle et insurmontable timidité.

Elle, était une petite veuve de trente-trois ans, rageuse, hargneuse, spirituelle, féroce pour peu qu'on l'attaquât, et excellant dans le bel art de vous brûler, comme d'un fer rouge, d'une malice appliquée au plus cuisant d'une plaie. Presque, pour qu'il osât la prendre, elle avait dû se placer de force entre ses doigts, toucher, sans s'y larder le pouce, à une boucle de jarretelle. Et sous les petites pattes de l'amie il tâtonnait à plaisir, souriait à ses mauvaises humeurs, et endossait le contre-coup de ses nerfs trop facilement irritables, avec cette

ces doigts énormes, saupoudrés de poils roux, et qui, après huit ans, tremblaient encore à l'effleurer, d'émotion et de gratitude ! Car jamais il n'avait pu se faire à l'idée qu'il ne fût pas indigne d'elle ! — humilité attendrie et attendrissante de pataud qui n'a oncques su délacer un corset sans en embrouiller les cordons, pensée que, mon Dieu, c'était bien la moindre des choses...

Il avait la sereine douceur, l'indulgence inépuisable, la confiance obstinée, aveugle et imbécile, des hommes qui ne sont pas nés pour être des amants, veulent pourtant en être et n'en seront jamais.

Il était parfaitement heureux.

Adèle habitait au quatrième étage d'une maison située boulevard Magenta : quatre pièces avec balcon sur la rue, l'eau et le gaz ; seize cents francs de loyer que payait Boubouroche en s'excusant de la liberté grande et en rougissant d'une légère confusion, vu son extrême délicatesse touchant les procédés amoureux. La jeune femme, elle, qu'avait familiarisée avec les dures obligations de l'existence

VOUS ÊTES BIEN MONSIEUR BOUBOUROCHE ?

une couple d'années de ménage, prenait l'argent de Boubouroche sans en paraître autrement humiliée, et, même, ne se gênait en aucune façon pour, à l'occasion, sous prétexte d'un manchon, d'un chapeau ou d'une traite trop lourde dont l'échéance se faisait proche, taper son amant de quelques louis qui n'étaient pas dans le programme. Boubouroche lâchait ses sous de la meilleure grâce du monde, quitte, n'étant point riche, à se priver un peu et à réduire, un mois durant, sa consommation (d'ailleurs excessive) de cigares-londrès et de bocks.

Moyennant les seize cents francs de loyer visés quelques lignes plus haut, un fixe mensuel de quinze louis, le casuel, et, de temps en temps, les petits cadeaux inévitables, Boubouroche avait chez Adèle ses entrées à toute heure du jour. Il sonnait un coup sec, puis du bout de ses doigts battait le rappel sur la porte pour indiquer que c'était lui et ne pas obliger sa maîtresse à se juponner précipitamment, si à cette minute, par hasard, elle se coiffait devant la glace, en chemise. A vrai dire, il eût bien aimé avoir la clef, et plus d'une fois il avait eu la bouche ouverte pour faire valoir ses droits à cette prérogative ; mais toujours il était resté en chemin, effaré de sa témérité, et ricanant inexplicablement, tandis qu'Adèle, qu'il agaçait, lui disait en haussant les épaules :

— Ce n'est pas pour t'appeler Arthur et te passer la main dans les cheveux, mais c'est extraordinaire ce que tu as l'air bête, quand tu veux t'en donner la peine.

Le fait est qu'il la connaissait pour point commode, maîtresse femme jusqu'au bout des ongles et absolue en ses petites manies de ménagère bien ordonnée, qui veut bien faire comme les autres à condition, bien entendu, que les autres n'en sachent rien, et qui vit sans bruit dans son coin, avec la continuelle terreur d'attraper des taches de graisse et de faire causer les voisins.

Un soir qu'il avait poussé l'extravagance jusqu'à parler de passer une nuit tout entière avec elle et chez elle, non, les cris de jars en détresse dont elle avait salué cette prétention !...

Boubouroche s'était tenu pour averti.

Jamais plus il n'avait fait allusion à coucher ailleurs que chez soi, et si la solitude de ses nuits pesait parfois à sa tendresse expansive, il s'en consolait en pensant qu'Adèle n'avait pas plus de sens qu'un tuteur à ramer des pois, et qu'à tout prendre l'absence de sens, chez la femme, est encore le meilleur garant que l'on puisse espérer de sa fidélité.

Donc Boubouroche, ce soir-là, se décida de monter chez Adèle lui donner le bonsoir avant de s'aller coucher.

Comme il atteignait le troisième palier et qu'il s'y arrêtait pour souffler une minute, un vieux monsieur qui venait des étages supérieurs et dont le visage à la Voltaire arborait des tons de parchemin, l'aborda le chapeau à la main et lui dit :

— Je vous demande pardon, vous êtes bien monsieur Boubouroche ?

Étant en effet Boubouroche, Boubouroche déclara qu'il était Boubouroche.

— En ce cas, reprit l'inconnu, c'est bien vous qui avez pour maîtresse la personne du quatrième ?

— Mais... fit Boubouroche stupéfait.

Le monsieur poursuivit :

— Je vous en prie, monsieur ; veuillez répondre sans détours à la question que je vous pose. Oui ou non monsieur, simplement. Je vous dirai pourquoi après.

Ahuri et vaguement inquiet :

— Soit ! déclara Boubouroche. Il est en effet exact que cette dame est mon amie.

— C'est tout ce que je voulais savoir, dit alors l'étranger avec une grande politesse. Eh bien, monsieur, elle vous trompe.

Entendant cela :

— Allons au café, dit Ernest Boubouroche, on est mal pour causer ici.

III

Quand Boubouroche et le monsieur furent attablés, au fond d'une petite brasserie où l'on buvait de la bière suisse, devant deux bocks qui ruisselaient de fraîcheur, le monsieur prit la parole et s'exprima dans les termes suivants :

— Combien je déplore, monsieur, d'a-

EH BIEN, MONSIEUR, ELLE VOUS TROMPE.

voir à vous gâter, aussi complètement que je vais avoir l'honneur de le faire, les illusions où vous vous complaisez. La sympathie que vous m'inspirez me rend infiniment pénible la mission — vile en apparence, en réalité profondément charitable, philanthropique et fraternelle — dont j'ai fait dessein de m'acquitter. Mais quoi ! je suis ainsi bâti : j'estime qu'on ne saurait sans crime sacrifier la dignité d'un honnête homme à la fourberie d'une petite farceuse qui lui prend son argent, lui fume son tabac, lui gâche en injustes querelles le peu de jeunesse qui lui reste, et se fout outrageusement de lui, si j'ose parler un tel langage. Cette histoire, qui est, hélas ! celle de tant d'autres, est la vôtre, mon cher monsieur. Oh ! vous pouvez mâcher de la gomme à claquer et rouler des yeux comme un veau qu'on aurait mené voir *Athalie*, ce n'est

Ils trinquèrent et burent. Des deux côtés de la lourde chope, où il engloutissait son nez, les yeux de Boubouroche flambaient comme des yeux d'ours.

À la fin, déposant sur ses cuisses d'athlète l'écartement de ses dix doigts pareils à de courtes saucisses :

— Monsieur, prononça-t-il, votre air respectable et la solennité de votre langage me font un devoir de penser que je

COMBIEN JE DÉPLORE, MONSIEUR...

pas cela qui changera quelque chose aux décrets de la Providence, et fera que ce qui est ne soit pas. Vous êtes cocu ; vous êtes cocu, vous dis-je ; cocu inexorablement !... C'est la vérité en personne qui s'exprime ici par mes lèvres, et c'est dans la seule sincérité de mes discours que vous devrez chercher et trouverez, je l'espère, l'excuse de leur cruauté. À votre bonne santé, monsieur.

ne me trouve pas en présence d'un vulgaire mystificateur. Vous venez de porter, contre une femme qui m'est chère, la plus grave des accusations ; il vous reste à la justifier.

Le monsieur salua et reprit :

— Monsieur, nous ne vivons plus aux temps qu'a illustrés *la Tour de Nesle*, où l'épaisseur des murailles étouffait les cris des victimes. Les siècles ont marché, les hommes ont produit... A cette heure, nous habitons des immeubles bâtis de plâtre et de papier mâché. L'écho des petits scandales d'au-dessus, d'au-dessous, d'à-côté, en suinte à travers les murs, ni plus ni moins qu'à travers de simples gilets de flanelle. Depuis huit ans, j'ai pour voisine de palier cette personne que, naïvement, vous ne craignez pas d'appeler votre « amie ». Depuis huit ans, invisible

ménage et volontiers vous faites votre marché vous-même. C'est exact?

— Rigoureusement, dut reconnaître Bouboroche.

Le vieillard eut un mince sourire, but un peu de bière et poursuivit :

— Depuis huit ans, je m'associe... — *homo sum et nihil a me alienum puto* — à vos joies et à vos misères, compatissant à celles-ci et applaudissant à celles-là,

auditeur, je prends, à travers la cloison qui sépare nos deux logements, ma part de vos vicissitudes amoureuses... Depuis huit ans, je vous entends aller et venir, rire, causer, chanter le *Forgeron de la Paix* avec cette belle fausseté de voix qui est l'indice des consciences calmes, frotter le parquet, remonter la pendule et vous plaindre (non sans aigreur) de la cherté du poisson : car vous êtes homme de

admirant l'égalité de votre humeur dans la bonne comme dans la mauvaise fortune, partageant vos muets étonnements quand on vous reproche (tel hier encore) d'être ivre à huit heures du matin, c'est-à-dire au saut du lit, et admirant la grandeur d'âme qui vous porte à ne pas rouer de coups de canne votre « amie » chaque fois qu'elle l'a mérité. Eh bien... — Ici je réclame de votre part un redoublement

d'attention ; ce qu'il me reste à vous révéler est en effet du plus haut intérêt.—
... Eh bien, dis-je, de ces huit ans : pas un jour ne s'est écoulé qui n'ait été pour du modeste logement payé de vos écus, où s'abritent vos plus chers espoirs, qu'un homme, — vous entendez bien ? — n'y fût caché.

votre « amie » l'occasion d'une petite canaillerie nouvelle ; pas un soir vous ne vous êtes couché qu'excellemment jobardé et cocufié comme il convient ; pas une fois vous ne franchîtes le seuil

Boubouroche bondit :
— Un homme !!!
— Oui, un homme.
— Quel homme ?
— Un homme, expliqua le monsieur.

de qui j'entends, avant vos arrivées, la voix, et après vos départs, les rires.

Cela fut dit avec tant de calme assurance que Boubouroche hésita, bouleversé à la fois et presque rassuré par l'énormité de l'allégation. Une minute il réfléchit ; mais tout à coup il eut, du bras, ce geste ample, qui fait justice. Allons donc !... Au seul supposé de tant de fourberie, c'avait été un haut-le-cœur de tout son être bon et juste.

Il dit :

— Laissez-moi donc tranquille ; je connais ma maîtresse mieux que vous : elle est incapable de me trahir. Je l'ai rencontrée dans une maison amie où elle venait prendre du thé et faire la causette le dimanche. Elle était veuve, libre par conséquent. Nous nous vîmes et nous nous aimâmes. Et après ? Il n'y a pas de honte à cela, je présume. Voilà huit ans que nous sommes ensemble, bien que couchant, elle de son côté, moi du mien. Je confesse n'avoir pas la clef, mais du diable si au grand jamais elle a mis plus de trente secondes à me venir ouvrir la porte ! Vous me faites rire, avec votre homme caché dans un coffre en bois... Qu'Adèle ait ses côtés embêtants, c'est possible ; mais quant à être une honnête femme, ça ne fait pas l'ombre d'un doute.

— C'est un petit chameau, dit le monsieur avec un sourire charmant.

Boubouroche, exaspéré, appela pour avoir des bocks et reprit :

— Me tromper?... Adèle?... Je voudrais bien savoir pourquoi elle me tromperait ! Pour de l'argent ? Elle se moque de l'argent comme de sa première chemise ; elle vivrait de pain et de lait, et elle paie ses jarretières dix-neuf sous, au Louvre. Pour le plaisir ?

Il s'esclaffa :

— La pauvre enfant n'a pas plus de sens qu'un tuteur à ramer les pois !

Du coup, le monsieur devint lyrique. Les mains hautes, les yeux au ciel, il déclama avec une imposante lenteur :

— O homme ! enfant aveugle et quatorze fois sourd !

Là-dessus, apitoyé :

— Pas de sens?... Mais, mon cher monsieur, c'est vous-même qui n'en avez pas !... Vous me faites l'effet de ces gens atteints de rhume de cerveau, qui refusent tranquillement aux roses un parfum qu'ils ne perçoivent plus. Pas de sens?... Écoutez, monsieur, je sais bien que nous sommes entre nous, mais il est de ces questions brûlantes qu'un galant homme ne saurait effleurer d'une main trop légère et trop souple. Je vous disais, il y a un instant, que nous ne vivions plus au temps où les murs étouffaient les cris ; qu'il me suffise de vous le redire, et à bon entendeur, salut ! Au surplus, eussiez-vous raison et n'eût-elle pas plus de sens, ainsi que vous le prétendez, qu'un tuteur à ramer les pois, en eût-elle cent fois moins encore et fût-elle moins avide d'argent que ne l'est, de billets de concert, une sarigue, elle vous tromperait cependant !

— Pourquoi? questionna Boubouroche que troublait l'absolu d'une telle dialectique.

— Pourquoi?

L'étranger se mit à rire.

Haussant l'épaule comme pris de pitié au réveil d'une candeur si grande :

— Elle vous tromperait, répondit-il, parce que « tromper », entendez-vous, tromper encore, tromper sans cesse, toute la femme, monsieur, est là ! Croyez-en un vieux philosophe qui connaît les choses dont il parle et a bu la rude expérience des apophtegmes qu'il émet. Les hommes trahissent les femmes dans la proportion modeste d'un sur deux ; les femmes, elles, trahissent les hommes dans la proportion effrayante de 97 pour cent ! Parfaitement ! 97 ! Et ça, ce n'est pas une blague ; c'est prouvé par la statistique et ratifié par la plus élémentaire clairvoyance. Bref, que ce soit pour une raison, ou pour une autre, ou pour point de raison du tout, à cette même minute où je vous parle, un intrus est sous votre toit. Il est assis en votre fauteuil familier ; il chauffe les semelles de ses bottes au foyer habitué à rissoler les vôtres, et il sifflote entre ses dents l'air du *Forgeron de la Paix*, qu'il a appris de vous, à la longue. Que vous n'en croyiez pas un mot, c'est votre droit. Pour moi, ma mission est remplie et je me retire le cœur léger, en homme qui a fait son devoir sans faiblesse, sans haine et sans crainte. Si les hommes apportaient dans la vie cet esprit de solidarité que savent si bien y apporter les femmes et faisaient les uns pour les autres ce que je viens de faire

phêmes, la rêverie qui depuis un instant tenait Boubouroche immobile, les jambes allongées et le pouce à cheval sur l'huis entre-bâillé de la poche. Au coup de poing qu'il abattit à même le marbre de la table, parmi le sursaut effaré des soucoupes, le garçon, qui se crut appelé, accourut.

— Monsieur désire?

— Vous m'embêtez ! Rien du tout.

Mais dans le même temps :

— Au fait, si ! — Qu'est-ce que je vous dois?

— Un franc vingt.

pour vous, le nombre des cocus n'en serait pas amoindri ; mais combien serait simplifiée (et c'est là que j'en voulais venir) la question toujours compliquée et pénible des ruptures dont le besoin s'impose. Monsieur, à l'honneur de vous revoir. Je vous laisse les consommations.

Et, là-dessus, le monsieur s'en alla, laissant Boubouroche très perplexe.

IV

— Cré nom de Dieu de nom de Dieu de nom de Dieu !

Ainsi s'acheva, dans une volée de blas-

Boubouroche paya et sortit.

Dehors il faisait un froid vif, une belle gelée qui, tout de suite, lui planta ses crocs aux oreilles. Le cadran éclairé d'une station de voitures marquait dix heures moins un quart, et le boulevard, empli d'un grouillement vivant, suait à perte de vue, sous un ciel semé d'astres, l'éternelle jeunesse de Paris.

— Cré nom de Dieu ! réitéra Boubouroche, qui était resté cinq minutes plongé dans la contemplation d'un étalage de bouchons à la vitre d'un tonnelier. Cré nom de Dieu de nom de Dieu de nom de Dieu !

Il en revenait toujours là, et c'est encore là qu'il en revint, quand il se trouva planté, au bord du trottoir, comme un cierge, en face la maison de sa maîtresse, à se demander ce qu'il allait faire.

Monterait-il? — Certes, il en doutait ! Mais en supposant que pourtant il en trouvât l'énergie, que ferait-il ? de quoi

doutant, cramponné à ses affres, ensemble avide et malade d'anxiété, il s'enfermait en son éternel « nom de Dieu », tandis que des gens se retournaient, mis en joie à la vue de cet ivrogne grogeon qui jurait tout seul dans la rue. A cinq pas en avant de lui, les tramways de Saint-Ouen glissaient sur leurs rails en hurlant de la-

ne serait-il pas capable dans l'aveuglement de la colère, si Adèle, en effet, le trompait ? Depuis qu'il avait eu le malheur de tuer une nuit, d'un coup de poing, un pas grand chose qui lui avait demandé l'heure avec une insistance déplacée, Boubouroche se méfiait de sa force. Il avança, pour franchir la chaussée, un pied qu'il ramena en arrière, aussitôt ; ses mains, soulevées jusqu'à ses tempes et tremblées un moment, dans le vide, dirent l'excès de son indécision. Et doutant, re-

mentables plaintes. Ils se succédaient de minute en minute, et d'une extrémité à l'autre du boulevard, jusqu'à la place du Château-d'Eau, indiquée, dans l'éloignement, d'un bouquet d'étincelles pressées, ils échelonnaient leurs larges prunelles disparates. Soudain, alors que Boubouroche commençait à reprendre confiance, songeant qu'il avait, huit années, vécu dans l'ombre même d'Adèle, et qu'enfin, si aveugle fût-on, et si sourd...

— Tonnerre !... Ah ! tonnerre de Dieu !

Par deux fois, précipitamment, la petite tache blême de là-haut s'était éteinte, puis rallumée, puis rééteinte et rallumée encore, comme si deux corps se pourchassant eussent passé entre la croisée et la lampe.

Alors il sembla à Boubouroche qu'une

Il prit son temps, sonna enfin.

Dix secondes qu'il compta, s'écoulèrent, puis, comme il avait négligé de tambouriner sur la porte son petit rappel coutumier, de l'autre côté du panneau la voix d'Adèle s'éleva, demandant doucement :

— Qui est là ?

SA MAIN FINE QU'ELLE PRÉSENTAIT...

main le prenait à la nuque, le soulevait, le lançait à travers le boulevard, au hasard des fiacres, comme une balle. Le même élan affolé qui l'avait transporté d'un trottoir à l'autre, sans que seulement il s'en fût rendu compte, le poussa, le monta jusqu'à la porte d'Adèle, où il se trouva tout à coup, seul dans la solitude éclairée de l'escalier, ne sachant ni ce qu'il faisait là, ni comment il y était venu.

Les oreilles lui chantaient vêpres et une brûlure lui mordait le visage : la cuisson sèche d'une apoplexie qui se prépare.

— C'est moi, dit-il.

Elle ouvrit aussitôt.

Sur le demi-jour du vestibule, que noyait d'un bleu incertain la tulipe de verre suspendue au plafond et où brûlait une étoile de gaz à raz de bec, elle apparut souriante, charmante de jeunesse et de belle humeur. Elle portait une pesante jupe de velours frappé, gardée après le promenade du tantôt, par paresse, et de la manche de sa matinée Pompadour aux nœuds mauves, défraîchis un peu, sortait son bras blanc, sa main fine, qu'elle

partition grande ouverte, dressée sur le pupitre du piano, entre deux bougies qui flambaient...

présentait grande ouverte au shake-hand de son ami.

— Il est tard ; je ne comptais plus te voir.

Elle ajouta :

— Je pianotais, en attendant l'heure du dodo.

Et Boubouroche qui avait encore dans l'oreille le lourd bourdonnement de silence emplissant le puits de l'escalier, pensa :

— Elle ment. Quelle coquine !

Pourtant, par la porte restée entre-poussée du salon, il distinguait une

V

Il passait le seuil de la pièce, quand :

— Regarde-moi donc, fit Adèle.

Elle venait à un pas de distance, derrière lui, et brusquement dans le cadre penché d'une glace, elle avait aperçu la face congestionnée de Boubouroche, pareille à une brique hérissée, d'où jaillissaient des yeux en noix.

— Quelle figure as-tu donc, ce soir?... Tu es malade? Qu'est-ce qu'il y a?

— Il y a, répondit Boubouroche, que tu me trompes.

Adèle parut ne pas comprendre.

— Je te trompe !... Comment, je te trompe ! Qu'est-ce que tu veux dire par là ?

— Je veux dire, reprit Boubouroche avec une grande fermeté, que tu te moques indignement de moi, que tu es la dernière des filles, et qu'il y a quelqu'un ici.

— Quelqu'un !

— Oui, quelqu'un.

— Qui ?

— Quelqu'un !

Ils se regardèrent longuement.

— Imbécile ! murmura Adèle.

Le mot fut une nuance, guère plus ; une intention qui effleura à peine le mince et dédaigneux sourire de la jeune femme.

Ce fut tout.

Elle vint à la cheminée, y prit la lampe et l'apporta à Boubouroche.

— Voici de la lumière, dit-elle.

Boubouroche qui se décontenançait à l'imprévu de tant de sérénité et chez qui pointait, grandissait, s'élargissait en tache d'huile la peur d'avoir fait une gaffe, eut un recul léger, et, d'une voix qui capitulait d'autant plus qu'elle s'insurgeait davantage, déclara :

— Pas de comédie, hein ! Cocu, mais pas dupe, ma fille !

Puis, comme Adèle, la lampe haute, le visage inondé de clarté et les prunelles en vers luisants, le poussait, l'acculait à des explications, faisant la dame qui veut n'avoir pas entendu et répétant : « Tu dis ?... Tu dis ? » il rompit carrément les chiens :

— Enfin, ma chère amie, voilà : moi, on m'a raconté des choses !

Des choses !...

Le mot n'était pas dit, que déjà il était une arme aux mains d'Adèle, un stylet d'une pointe plus aiguë que celle d'une aiguille à broder, dont elle piquait au vif, lardait comme une escalope, la conscience, accessible au remords, du pauvre et tendre Boubouroche.

Des choses !... Des choses !... Des choses !... Ainsi, on lui avait conté des choses, à ce monsieur, et pas un seul instant l'idée ne lui était venue d'en appeler à la vrai-semblance, aux huit années d'une liaison sans un nuage, d'un passé vécu au grand jour entre les quatre murs d'une maison de verre !

Délicieux !...

— Si bien, railla-t-elle, que je suis à la discrétion du premier chien coiffé venu ! Un monsieur passera qui dira : « Vous savez ? Adèle ? Elle vous trompe ! » ; et je paierai les pots cassés ? et je tiendrai la queue de la poêle ?

Elle estimait que, tout de même, celle-là était un peu violente, et Boubouroche, en son for intérieur, fut bien forcé de confesser qu'elle n'avait pas tout à fait tort. Astucieux, il songeait à se tirer d'affaire avec un « mais... » à deux tranchants, qui, à la fois, l'eût absous et livré, et lui eût permis de battre en retraite, paré des honneurs de la guerre : l'irascible jeune femme ne lui en laissa pas le temps. D'un tel coup de clairon elle lui jeta : « Assez !... », qu'il comprit instantanément l'inanité d'une discussion plus longue. Surtout qu'Adèle, exaspérée, lui cuisait le nez, du verre surchauffé de sa lampe. Lorsqu'elle lui en eut, à la fin, introduit de force entre les doigts le col tout suintant de pétrole en lui demandant s'il n'avait pas fini de faire l'âne pour avoir du son, tout fut dit, il ne douta plus qu'il eût commis un impair, et il se fit petit, le pauvre, mais petit !... humble et chétif, dans l'espoir d'acheter son pardon.

— Voyons, fit-il conciliant, voyons !

Ayant quitté le collège après la quatrième, il savait un peu de latin, pas énormément, gros comme ça, juste assez pour être en état de risquer une citation quand le besoin s'en faisait sentir.

— On ne va pas se brouiller, que diable ! ajouta-t-il. *Errare humanum est*, quoi !

Mais Adèle :

— Oui ou non, fit-elle, est-ce que tu me prends pour une enseigne ? Je te dis de prendre cette lampe !

Boubouroche, dompté, prit la lampe.

— ... et d'aller voir !... Tu connais l'appartement, je pense ? Je n'ai pas besoin de t'accompagner ?

Il y eut un instant de silence.

— Ne sois donc pas méchante, dit
enfin Boubouroche de qui les yeux de
phoque suppliaient, tout ronds de contri-
tion éplorée sous la clarté tombée des
dessous de l'abat-jour. Est-ce que c'est
de ma faute, à moi, si on m'a collé une
blague? Pardonne-moi et n'en parlons plus.

moi, un jour, le souvenir de l'odieuse
injure que tu m'as faite, mais j'exige, —
tu entends?... j'exige! — que tu ne quittes
cet appartement qu'après en avoir scruté,
fouillé l'une après l'autre chaque pièce, et
visité jusqu'aux placards. Ah! je te fais
des infidélités? Ah! je cache des amants

Adèle s'étonna:

— Tiens, tiens, tiens! Tu sollicites mon
pardon, à cette heure! Ce n'est donc plus
à moi de mériter le tien par mon repentir
et par ma bonne conduite?... Va toujours,
nous verrons plus tard. Comme, au fond,
tu es plus naïf que méchant, il est possible,
— pas sûr, pourtant, — que je perde,

chez moi? Eh bien! cherche, mon cher,
et trouve.

Elle dit et lui tourna le dos. Maintenant
assise, au piano, devant la partition inter-
rompue, elle en feuilletait paisiblement, à
croire que rien ne se fût passé, les pages,
qu'avait chambardées le coup de vent de
la porte ouverte.

Boubouroche, penaud, demeurait, les pieds soudés au plancher. A un dernier coup d'œil qu'il lui lança, il la reconnut impitoyable, enfermée en sa volonté comme en une tour.

Il pensa :

— Je n'ai que ce que je mérite.

Et, le front bas, l'épaule ronde, accablé sous le ridicule dont sa maîtresse châtiait si durement sa faute, il passa dans le cabinet de toilette.

VI

Là, c'était cette atmosphère, indéfinissablement tiède, qu'ont peuplée de griseries les beaux bras frais-lavés, les seins nus, librement promenés, des jeunes femmes, et tout cet on-ne-sait-quoi émané de leurs chairs, où il y a de l'œillet et du fauve.

Boubouroche, la lampe au poing, regarda autour de soi, et ne vit rien qui ne lui fût familier : dans un coin, discrètement, le tub ; ensuite, la longue table de toilette hérissée d'innombrables et mystérieux flacons ; le sopha plat, commode pour y mettre les bas, et où une jeune croupe élargie s'est creusée peu à peu sa place. Il souleva, de sa main, les sombres serges qui en masquaient un des murs ; il vit des jupes rigides, aux hanches que prolongeait invraisemblablement la courbe des porte-manteaux, mais d'où ne sortaient point, en dessous, les ridicules jambes de l'ennemi ! Ses doigts, plongés au cœur des soies, se butèrent à la cloison...

Point d'homme ! Point de rival caché là, suffoquant et retenant son souffle par crainte des traîtres froufrous.

Mais, plus encore, la chambre à coucher d'Adèle ne disait pas les farouches luttes amoureuses, avec ses meubles symétriquement disposés et dont l'affolement des poursuites n'avait pas bouleversé le bel arrangement bourgeois ; son large lit que surplombait, semblable à un dos de mastodonte, un *insoupçonnable* édredon ! Une cheminée de marbre blanc dont les montants parallèles empiétaient sur le sol en griffes contractées, soutenait une mignonne pendule de Saxe, aux aiguilles

IL PASSA DANS LE CABINET DE TOILETTE...

d'or évoluant lentement dans un cadre de toutes petites roses ; et à l'éclat des dorures immaculées, à la blancheur des housses tendues sur les fauteuils, au cône irréprochable, qu'ouvrait devant la fenêtre un lourd rideau de reps outre-mer, on sentait la femme d'intérieur, tout à la coquetterie de son petit chez-soi et bien trop occupée. Seigneur ! à moucharder les grains de poussière, pour trouver le temps de songer au mal !

Tout de même, par acquit de conscience, Boubouroche, posant la lampe sur le parquet, se coucha à plat ventre et regarda sous le lit.

Il ne vit rien.

Les placards, dont il amena à lui les portes, lui montrèrent des entassements de rien du tout, des accumulations de loques épinglées, de cartons démolis, de coupons hors d'usage : toute cette friperie glanée à droite et à gauche depuis des temps immémoriaux, sur les coins de tables et sous les sièges, soigneusement écha-

La flamme de la lampe, soulevée au-dessus de la mèche, grimpa à mi-hauteur du verre, s'élargit, bleuit, et mourut.

Boubouroche, submergé de nuit, remarqua alors quelque chose de tout à fait anormal.

Un buffet gigantesque, de chêne, si haut que son léger couronnement de colonnettes joignait la céruse du plafond

IL SE COUCHA A PLAT VENTRE...

faudée maintenant, et poivrée, de peur des mites, où se trahit l'âpre épargne des femmes qui n'aiment pas à perdre.

— Pauvre petite ! fit-il avec un hochement de tête ému.

Il vit aussi la cuisine et fut frappé d'admiration, tant rougeoyaient les cuivres ardents des casseroles. Celles-ci, pendues par leurs queues, filaient de la porte à la fenêtre en constellation habilement graduée, et c'était là un beau spectacle où s'attarda et se complut un instant le sens délicatement artistique de l'excellent Boubouroche. Mais son tort fut de pousser avec violence la porte de la salle à manger. Un souffle frais monta,

et l'écaillait d'une imperceptible morsure, débordait, ventre énorme, sur l'exiguïté de la pièce. Or, de ce buffet, — chose étrange, tout à fait anormale, je le répète, et de tous points inexplicable — Boubouroche, le cou tendu, reconnaissait, à un mince tracé lumineux l'enserrant en les cassures brusques d'un rectangle, la place des panneaux inférieurs !

Quel mystère était-ce là ? L'oisiveté de quelle main malfaisante était venue frotter là du phosphore d'allumettes, au risque d'abîmer ce beau meuble ?...

Il fit cinq pas ; ses doigts, tâtonnant, rencontrèrent une saillie de bois.

Il tira, et ce qu'il vit !

VII

Un homme, oui un homme, était là !
dans ce rez-de-chaussée de buffet démé-
nagé pour la circonstance et devenu une
manière de petite maisonnette, insuffi-

sur ses cuisses, en tailleur, pas très bien,
pas trop mal non plus, serein au reste,
en homme qu'a effleuré de son aile une
aimable philosophie et qui sait accepter
d'une âme pacifiée les petits inconvénients
de certaines situations fausses. Le panneau

samment aérée, à vrai dire, et basse un
peu trop de plafond.

C'était un monsieur très correct, de
vingt-cinq ans environ et de visage sympathique. Il portait un lorgnon, et, dans
le nœud en chou de sa cravate Lavallière,
étincelait le feu vert d'une épingle de prix.
Il était là dedans comme chez lui, assis

latéral du meuble soutenait ses reins
fatigués, cependant que, gravement, à la
lueur d'un photophore dressé entre ses
deux genoux, il fourbissait d'une peau de
daim la trompe de sa bicyclette, histoire
d'occuper ses loisirs en attendant que le
départ de Boubouroche lui permît de
passer à d'autres exercices.

Lorsqu'il se vit découvert, il ne manifesta aucun étonnement, il se montra parfait de tact, irréprochable d'éducation, évitant même de se répandre en explications superflues, comme n'eût pas manqué de le faire un imbécile du commun.

Simplement :

— C'était sûr, fit-il, une ironie au coin des lèvres. Cela devait finir comme ça un jour ou l'autre. Enfin !... aujourd'hui ou demain !... un peu plus tôt, un peu plus tard !...

Là-dessus il sortit de son buffet, posa le photophore sur une table, tira de sa poche son calepin, tira de son calepin sa carte et la tendit à Boubouroche. Oui, voilà ce qu'il fit, ce monsieur !... Mais ce qui ne saurait être dit, rapporté en termes trop pompeux, ce fut l'extrême courtoisie qu'il apporta à l'accomplissement de cette difficile opération : une courtoisie sans bassesse, certes ! pleine pourtant de déférence, et où perçait, sensible à peine, une pointe d'apitoiement. On y sentait l'homme de cœur qu'un hasard a mis en présence d'une infortune étrangère, et qui y prend une part discrète.

Il se résuma :

— Je me tiens à vos ordres, monsieur.

Dans le salon, Adèle, qui ne se doutait de rien, continuait à jouer du piano : une valse espagnole, d'un entrain endiablé, et qu'elle enlevait de façon brillante, avec, dans les basses, d'énergiques plaqués rendant les coups de tambour de basque.

Cependant, Boubouroche, assommé, le sang aux yeux, regardait cette main qui se tendait vers lui, ce bout de carton qui s'agitait dans le vide comme pour réclamer l'attention et faire souvenir qu'il était là.

— C'est ma carte, répéta le monsieur. Veuillez me faire l'honneur de la prendre.

Boubouroche comprit enfin.

Du même geste dont, écolier, il raflait les mouches au repos, il rafla la carte, la jeta sans l'avoir lue en la poche de son veston.

— C'est bien, dit-il. Allez-vous-en ! Je vous ferai savoir mes volontés.

Le jeune homme, qui ne s'en alla pas, reprit :

— Excusez-moi, monsieur. Je serais naturellement bien aise de savoir ce que vous comptez faire. Oh ! je ne vous interroge pas, croyez-le bien ! Une telle familiarité ne serait sans doute pas de saison. Mais enfin... En un mot, monsieur, je ne suis pas sans inquiétudes. Vous êtes violent, et je ne sais jusqu'à quel point j'ai le droit de vous laisser seul avec une personne qui... que...

— Vous, interrompit Boubouroche, — et ses formidables poings clos précédaient sa marche en avant, — vous allez commencer par me f....., la paix !...

— Oh ! oh ! fit le jeune homme choqué.

— Un mot encore, reprit Boubouroche, — je dis : un ! un ! un seul ! C'est clair, n'est-ce pas? un seul mot ! — je vous empoigne par le fond de la culotte, et je vous envoie, par cette croisée, voir les poules !...

— Permettez !...

— Silence ! Taisez-vous !

De sa manche, il séchait son front.

Il continua :

— Si, un instant, vous pouviez deviner ce qui se passe en moi à cette heure ; si vous pouviez supposer à quelle force de volonté je me retiens et je me cramponne, ah ! je vous le certifie, je vous le jure, vous verdiriez ! à la pensée de seulement entr'ouvrir la bouche !... — Vous voyez bien ces doigts, n'est-ce pas? Savez-vous de quoi ils tremblent ?... De l'envie folle, impérieuse, de monter jusqu'à votre cou et de s'implanter en vos chairs ! Oui, vous seriez terriblement imprudent de vous obstiner à parler après que je vous en ai fait la défense, et c'est un bonheur pour nous deux, un grand bonheur, que je me connaisse !... Allez-vous-en, croyez-moi, rendez-nous ce service à tous ; car si vous n'êtes pas parti dans une seconde, il se passera, ici... des choses... il y aura du sang par terre, et cela, entendez-moi bien, je vous le dis parce que je le sais ! Ce sera le vôtre, ou un autre, peu importe ! Allez-vous-en, voilà tout ce que j'ai à vous dire. Je suis un homme très malheureux et dont il ne faut pas exaspérer le chagrin... Allez-vous-en ! Allez-vous-en ! Allez-vous-en !

Un galant homme est toujours un galant homme, même le jour où certaines circonstances de la vie l'ont mis dans la nécessité de se cacher dans un buffet.

L'homme au buffet fut très bien, d'une témérité sobre, sans éclat et sans arrogance.

Il ne verdit ni ne s'émut.

Il répliqua froidement :

— Monsieur, il arrivera ce qui arrivera. Je n'ai aucunement, croyez-le, l'intention de vous provoquer, mais je quitterai cette maison quand j'aurai reçu de vous l'assurance que vous ne toucherez pas à un seul cheveu de la personne qui est là-bas. Je vous en demande votre parole d'honneur, et c'est le moindre de mes devoirs. Vous êtes extraordinaire, vous me permettrez de vous le dire, avec vos airs de me mettre à la porte d'une maison qui n'est pas la vôtre ; et si je veux bien me rendre à vos ordres, eu égard à votre état d'exaltation, vous ne sauriez moins faire, convenez-en, que de céder à ma prière.

Boubouroche sentit venir l'instant où ça allait mal tourner. D'une voix blanche où tremblait l'excès d'une douleur capable de tout : « Je vais faire un malheur », dit-il. Mais l'autre, si crânement, lui répondit : « Faites-le ! » qu'il demeura la bouche bée, désorienté devant la hardiesse généreuse de ce blanc-bec, qui, avec tant d'aisance, tant de chic, tant de jeunesse, tenait tête à plus fort que lui et acceptait sans discussion le montant de la carte à payer.

Ayant, encore une fois, la fierté de sa poigne moins qu'il n'en avait la terreur, il trouva la force de se contenir ; le mouton, en lui, une fois de plus, mit la patte sur le sanglier.

— Partez ; mais, croyez-moi, faites vite!

— J'ai votre parole ? dit le jeune homme avec un doux entêtement.

Boubouroche, poussé à bout, eut un souffle de bœuf sous le coup de masse, et mâchonna à bouche close un « Oui » dont le monsieur prit acte, d'un signe de tête lent et grave.

Puis, resté seul en cette sinistre salle à manger que la flamme de la bougie emplissait de fantastiques ombres, il tomba où cela se trouva, au hasard de la première chaise qui le reçut. Ses larges paumes frappèrent ses genoux.

— Mon Dieu !

Adèle, dans le salon, jouait toujours. Elle faisait des gammes, à présent. Sur la ligne blanche du clavier ses mains, blanches aussi, galopaient. Elles se poursuivaient sans relâche, et quand l'une avait rejoint l'autre, c'était au tour de celle-ci de s'élancer sur celle-là, pour, ensuite, refuir devant elle : pareillement deux tout petits chiens qui jouent à se donner la chasse. Elle salua, d'un mince sourire qui raillait, la réapparition de Boubouroche ; mais ayant lu dans ses yeux de fou que les choses avaient mal tourné et qu'il avait su, fine mouche, mettre la main sur le pot-aux-roses, elle resta railleuse et souriante.

Boubouroche s'était approché.

D'une voix où des rages se contenaient, il demanda :

— Qui est cet homme?

Adèle qui avait parfaitement entendu, et dont les doigts, intentionnellement attardés sur les basses sonores du piano, y déchaînaient d'assourdissantes tempêtes tendit l'oreille et dit :

— Quoi ? Hein ?

— Je te demande, hurla Boubouroche, qui est cet homme?

Cette fois elle daigna comprendre. Elle cessa net son jeu, et ayant élevé jusqu'aux yeux de son amant ses yeux de pervenche, profonds et purs, elle répondit :

— Je ne sais pas.

VIII

Ainsi parla Adèle, et elle vit venir à elle l'étau menaçant de dix doigts.

Un sursaut la mit sur pieds.

Un cri qui n'aboutit pas, le retrait épouvanté du buste...

Oui, ah oui ! ah ! elle crut bien que ça y était !

A l'infini de lâcheté mensongère, de faussété audacieuse, de tranquille perfidie, qu'avaient évoqué tout à coup ces simples mots négligemment jetés : « Je ne sais pas », une clarté rouge avait ébloui Boubouroche. Ses mains, d'elles-mêmes, avaient jailli, et il avait crié un « oui »

padour s'enlevait, fleurie et bouclée de mauve, sur le fond noir-bleu de la jupe, il enfouit son front martelé. A un débordement de sanglots toutes ses fureurs aboutissaient ; et il n'y avait plus rien là, qu'une misérable loque humaine, sans une haine, sans une rancune, terrassée, qui, de force, quand même, se cramponnait aux bonheurs écroulés et s'abîmait en la même question douloureuse, vingt fois dite, redite et répétée encore :

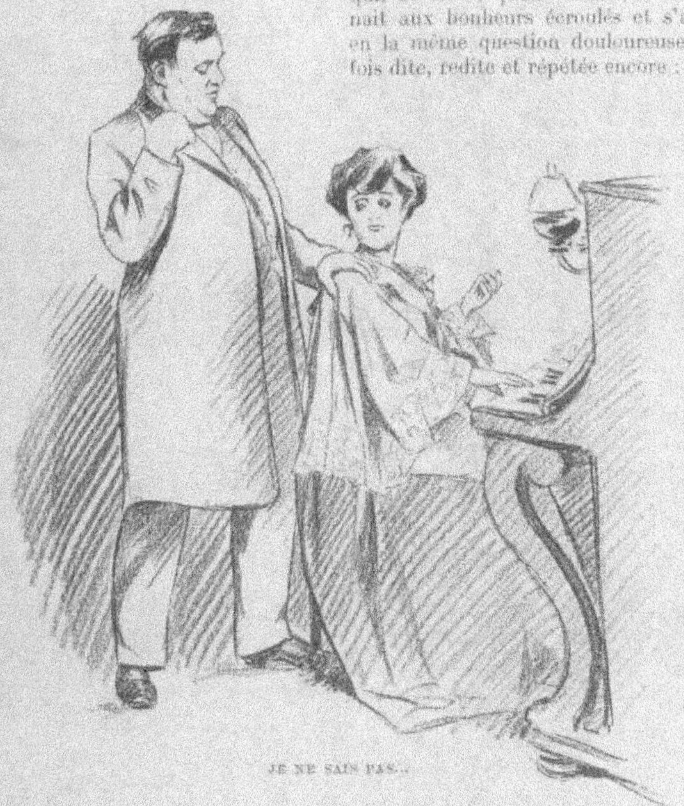

.nexplicable, comme répondu à l'appel de vengeance de son affection trahie, de sa confiance abusée, de sa bonté méconnue.

Hélas !... Sur la douce peau fine, tant de fois baisée et tant de fois chère du frêle cou, ses doigts glissèrent, sans force.

Il tomba.

De ses bras désespérés il avait ceinturé la taille de l'aimée ; en la saillie légère du ventre, à cet endroit où la matinée Pom-

— Pourquoi ?... Pourquoi ?... Mais pourquoi ?...

Adèle se taisait.

Rassurée, elle avait retrouvé son sourire. Par les cheveux, rares un peu, déjà, de son amant, ses doigts erraient, les effleurant d'une imperceptible caresse.

De haut en bas, une dureté sous les cils, elle contemplait son ouvrage ; ce pauvre homme aux larges épaules secouées de détresse, vieilli de dix ans en dix minutes.

Enfin, très simple :

— Alors là, tout de bon, fit-elle, c'est sérieux ?

A l'extravagance inattendue de cette demande, Boubouroche leva le nez. Elle, de sa voix calme, reprit :

IL AVAIT CEINTURÉ LA TAILLE...

— C'est qu'en vérité, tu me fais peur, je me demande si tu deviens fou. Qu'est-ce qui te prend ? Qu'est-ce que je t'ai fait ?

— Ce que tu m'as fait ! s'exclama Boubouroche. Mais, malheureuse enfant, nous ne le savons que trop ! tu m'as trompé !

— Je ne t'ai pas trompé, dit-elle.

— Tu ne m'as pas trompé ?

— Jamais.

Du coup, il fut debout. En ses mains, toutes secouées de fièvre, il emprisonnait la tiédeur de deux petites mains qui ne tremblaient pas.

— Et cet homme ? misérable menteuse ! Cet homme ?

— Grave ?

— Je ne puis te répondre, dit Adèle. Il y a là un secret de famille que je n'ai pas le droit de te livrer !... Crois ce qu'il te plaira de croire, et ne m'interroge pas davantage.

Boubouroche qui s'était, certes, attendu à bien des choses, n'avait pourtant pas prévu cela. La vérité nous force à confesser ici que cette révélation lui cassa bras et jambes à l'égal d'une volée de coups de trique, et que l'affarement arrondi en ses yeux les lui rendit pareils à ces billes énormes, en usage sous le nom de « callots », dans tous les collèges, lycées, externats, institutions, et autres boîtes à bâchot, de notre doux pays de France. Muet un instant, il s'abîma soudain en un geste d'une largeur à embrasser la sphère terrestre, et, en ayant appelé tour à tour à chacun des angles de la pièce :

— Ça !... déclara-t-il ; ça !... ça !... ça !...

Sa surprise n'était qu'excessive, il n'en connut plus les limites, à voir Adèle lui emboîter carrément le pas, à l'entendre abonder bruyamment dans son sens, lui crier qu'il avait raison de ne pas la croire, et, qu'à sa place, elle, vous, moi, tous, nous en aurions fait autant. Sans doute, elle le trouvait bien d'un scepticisme exagéré avec une femme qui, huit ans, avait été sa compagne d'existence et ne se rappelait pas avoir jamais rien fait qui pût le mettre en droit de suspecter sa parole :

— Ça ne fait rien, proclamait cette personne équitable, les apparences sont contre moi et je ne saurais t'en vouloir

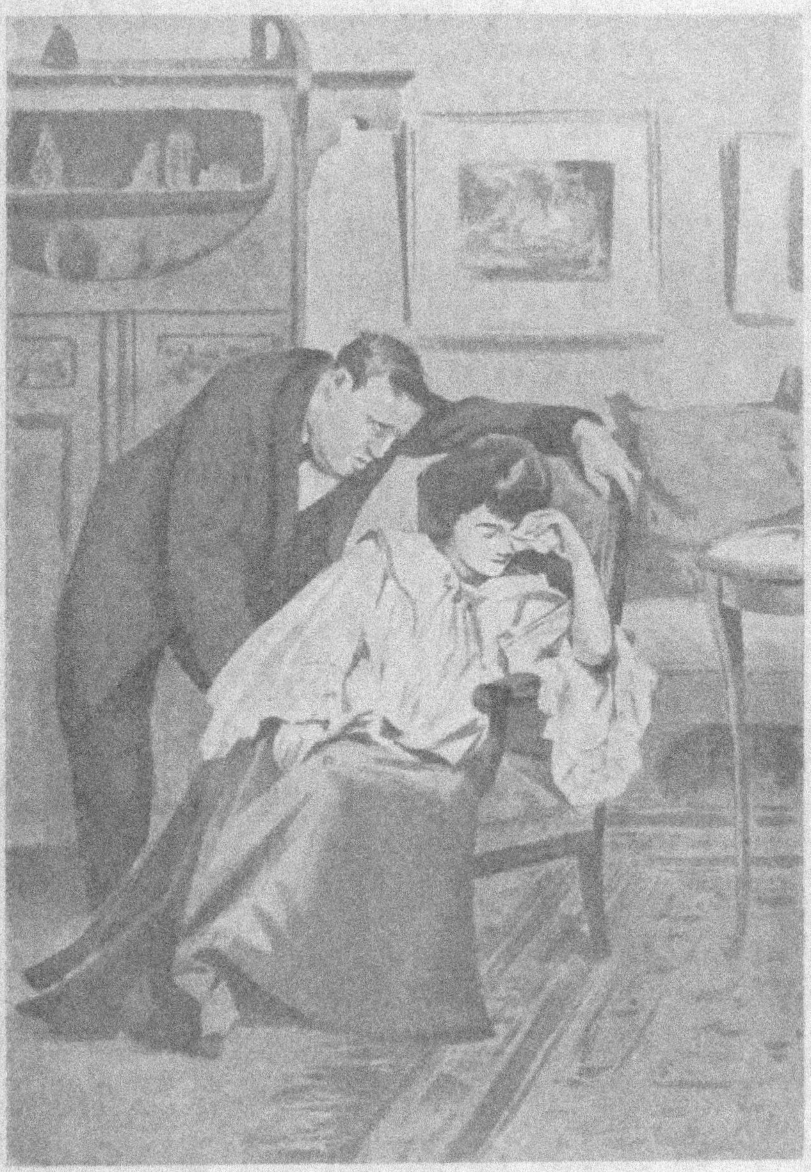

ELLE SE LAISSAIT CHOIR AU GIRON DOUILLET D'UN FAUTEUIL...

de la faiblesse d'âme qui te pousse à t'en remettre à elle, en aveugle.

Et elle souriait, triste et douce.

— Si tu ne l'avais, tu ne serais pas homme, fit-elle.

Ceci n'avait l'air de rien. Hélas ! c'était simplement tout : l'appel du tic au tac, l'invite à la riposte, le mot qui en appelle un autre et entre-bâille la porte à la discussion ; passerelle négligemment jetée sur le vide du précipice, piège, enfin, offert à la semelle de l'infortuné Boubouroche, lequel ne pouvait manquer et ne manqua en aucune façon de s'y engager jusqu'aux cuisses.

Malin :

— Possible, objecta-t-il ; seulement, moi, je prétends une chose, c'est que cacher un homme chez soi n'est pas le fait d'une honnête femme.

Il dit, et à la minute même il fut cueilli comme une poire mûre, pêché comme un gros barbillon.

Adèle s'était ruée vers lui, belle d'indignation, les mains folles.

— Si je n'étais une honnête femme, criait-elle, je ne ferais pas ce que je suis en train de faire ; je ne sacrifierais pas ma vie au respect de la parole donnée, à un secret dont dépend — seulement — l'honneur d'une autre !

Et des pleurs jaillissaient de ses yeux, et en ses accents indignés tenait toute la plainte d'un archange méconnu, tandis qu'elle se laissait choir au giron douillet d'un fauteuil en accusant la vie d'être lâche, ô combien !... Lui, cependant, bouleversé, éperdu, fixait sur elle des yeux ardents, tout pleins du désir de la croire. Pour la seconde fois de la soirée, il sentait, comme Ange Pitou dans *la Fille de Madame Angot*, son cœur renaître à l'espérance ; le doute, de nouveau, germait en son esprit, et, à son repentir d'avoir été brutal, commençait à se mêler la crainte d'avoir peut-être été injuste !...

Le pis est qu'ayant, à demi-mot, parlé de pardon et d'oubli, — à condition, bien entendu, qu'Adèle jura de ne plus retomber dans sa faute, — elle refusa purement et simplement le marché,

« n'ayant pas, disait-elle, à accepter le pardon d'une faute qu'elle n'avait pas commise », et étant de celles dont la fierté ne s'accommode pas d'un soupçon !...

Noble cœur !

Ah ! elle n'y alla pas avec le dos de la cuiller ; elle le mit tout nu sur le tapis, son cœur ; tout meurtri, mon Dieu ! tout saignant, percé d'un tel coup de couteau, que Boubouroche, à cet affreux spectacle, pensa défaillir de tendresse. En même temps, elle émettait, scandées de hochements de tête pensifs, des réflexions comme celles-ci : « Le ver est dans le fruit, jetons-le », ou « Je renonce à un amour d'où la confiance s'est retirée ! », ou « Je tiens à ton affection, mais plus encore à ton estime ! », discours qui trahissaient chez elle une force d'âme peu commune, alliée à une rare délicatesse de sentiments. Mais, soudain, à propos de rien, comme si l'excès de sa vaillance eût éclaté ainsi qu'une étoffe trop tendue, voici qu'elle se trouva au cou de son amant, sanglotante, bégayant :

— Quitte-moi !... il le faut !... Fuis ! Va-t'en !... mais, par charité, n'éternise pas mon supplice !

Alors Boubouroche comprit combien l'homme est bête et crédule ; sur l'immensité de ses torts s'ouvrirent ses yeux dessillés ; et, ayant enfermé de ses doigts de portefaix les épaules, les frêles épaules de celle qui lui était chère entre toutes, il fit ce que fit le Divin Maître du Jardin des Oliviers ; il inclina la tête et pleura amèrement. Et la tragédie commencée versant brusquement dans l'églogue, le massacre attendri accouchant d'une idylle, un même divan reçut les croupes accotées des deux amants rendus à l'étreinte l'un de l'autre. Telle se dissipe une épaisse nuée devant l'éblouissement d'un coup de soleil prochain, tel se tarit, devant des sourires qui renaissaient, le flot des pleurs attardés en leurs cils.

Quel baiser !...

Adèle, un instant, en femme de tête qu'elle était, essaya bien de surmonter Boubouroche et de lui démontrer, preuves en main, le profit qu'il y avait pour lui à la lâcher comme un paquet de sottises, à la laisser crever simplement dans son coin, de tristesse et d'isolement ; il ne voulut rien savoir, rien !... pas même le nom du monsieur de tout à l'heure, le pourquoi de sa séquestration en un rez-

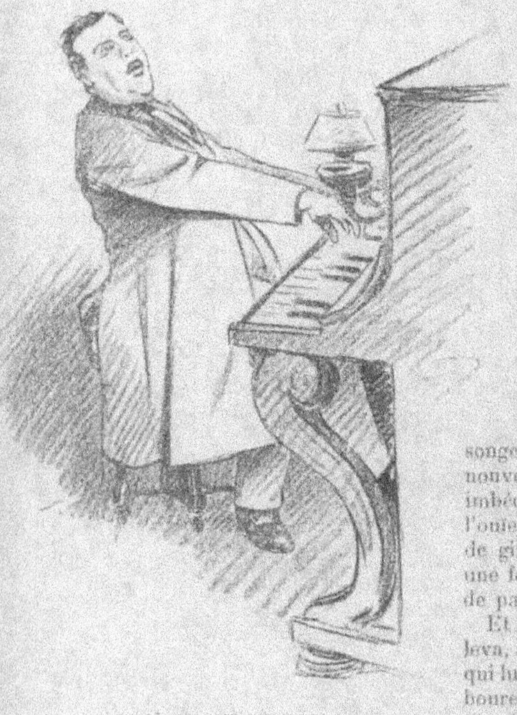

ET D'UNE VOIX QUI VIBRA...

de-chaussée de buffet : honnête homme qui n'entend forcer ni la caisse ni le secret des autres ! En sorte que la jeune Adèle, soupirante mais consentante, dut se résigner à ne pas perdre les modiques avantages de sa situation : à savoir trois cents francs par mois, le loyer, les contri-butions, les retours de bâton et les petits cadeaux.

Je vous dis que c'était une nature d'élite !

Or, comme, les doigts aux joues re-bondies de Boubouroche et les yeux entrés en les siens, elle le querellait sans aigreur, lui demandant s'il n'était timbré un petit peu, et si, elle, toujours, ne s'était pas montrée la plus délicieuse des maîtresses, la plus indulgente, la plus sûre :

— Chameau ! s'écria le gros homme.

Adèle sursauta.

Qui ?

Elle ?

Non.

C'était du monsieur qu'il parlait ; non pas du monsieur au buffet, mais de l'autre entendez-moi bien ; je dis : le philosophe d'à côté, l'homme à la dialectique serrée, aux apophtegmes persuasifs, fruits d'une âpre et rude expérience. Et songeant qu'un jour viendrait bien, où, de nouveau, dans l'escalier, il croiserait ce vieil imbécile, il partit d'un bel éclat de rire, l'ouïe égayée, par anticipation, d'un bruit de gifles tombant dru comme grêle, sur une face à la Voltaire, arborant des tons de parchemin.

Et c'est tout. Il sécha ses yeux. Il sou-leva, ainsi qu'il eût fait d'une plume, Adèle qui lui barrait la route, vint prendre au ta-bouret du piano la place qu'elle y avait lais-sée chaude, et, d'une voix qui vibra aux vitres des croisées, il entonna, soutenu de fantaisistes et invraisemblables accords :

C'est pour la paix, que mon marteau travaille ;
Loin des canons je vis en liberté.

Car il avait, ce pauvre garçon, une érudition musicale limitée. Il savait *le Forgeron de la Paix*, le refrain du *Père la Victoire* et un couplet du *Pied qui r'mue*.

AH! JEUNESSE...

— Ah! oui, elle est bête, la jeunesse,
fit nôtre ami le gros Claudio une pointe
d'impatience dans la voix. Bête!... qui
le saurait assez dire, à quel point la jeunesse
est bête, quand elle s'y met? Ma parole
il y a des moments, lorsque je revis mon
passé, où me remonte en rouge, à la face,
la rage d'avoir été si sot, et si niais,
et si stupidement crédule, et si grossiè-
rement godiche! La la! si c'était à
refaire...

Il n'acheva pas. Il s'en remit à un demi-
rire du soin de compléter sa pensée. En
même temps, du fourneau de sa pipe
tapée au bord de sa soucoupe, tombait
un petit volcan de tabac qui se mit à
chasser vers le ciel de lentes volutes bleu
acier.

— Tenez, reprit-il; parmi mes souvenirs
de gamin, il y en a un surtout... Ah!
Dieu! C'est à le faire monter en épingle!
J'achevais ma rhétorique au lycée Condor-
cet, lequel, comme l'a dit de Napoléon
l'excellent Joseph Prudhomme, n'était
encore que Bonaparte. J'y avais pour
voisin de banc un certain Robert Lécuyer,
très gentil garçon, d'une cancrerie tou-
chante, de qui le père, faiseur célèbre,
dirigeait les Folies-Modernes, dans la
rue du Faubourg-Saint-Denis : une façon
de théâtricule où triomphait le vaudeville à couplets et la revue de fin d'année.
Ne cherchez pas, jeunes gens; vous n'avez
pas connu. Je vous parle de trente ans,

moi ; et vous sommeilliez encore au cœur du chou maternel, que le père Lécuyer était déjà au bagne pour banqueroute frauduleuse.

Quelle vieille pratique, ce père Lécuyer ! Quelle canaille !

Maître escroc, professeur de vol, forban notoire et menteur émérite, il menait une vie fantastique, qu'équilibrait tant bien que mal un pilotis enchevêtré de rapines et de tripotages. Car tout lui était bon, tout ! depuis le grotesque grattage exécuté sur le grand-livre avec un couteau à huîtres, jusqu'au vol d'une pièce de deux sous habilement pêchée au passage, dans la sébille d'un aveugle. Il atteignait à ce summum du malpropre où l'indignation désarme, découragée, mais surtout il excellait, comparablement à pas un, dans le bel art d'exploiter les femmes.

Là, il devenait presque grandiose.

Il avait recueilli de droite et de gauche un escadron de belles filles dont il payait royalement les services sur le pied de onze sous par jour, et qu'il aburissait d'amendes : des deux et trois cents francs par mois ; cent sous pour une sortie en retard ; dix francs pour une entrée manquée, un louis pour une grimace lancée au régisseur ou un sourire jeté du coin de la lèvre à un spectateur de la salle. Et allez donc ! La traite des blanches quoi, dans toute son impudicité. Si je vous disais qu'il versait, à quiconque flanquait une amende, une commission de 5 p. 100 ! Hein ! ça a l'air d'une plaisanterie ? Pourtant, rien n'est plus exact, à telle enseigne que le régisseur se faisait, de son propre aveu, quinze cents francs par an, rien que de guelte. Jugez par là de ce que devaient être les profits du père Lécuyer. Tout de même il les encaissait, grave et serein. Et quand s'élevait la voix d'un tiers apitoyé, intervenant d'un ton de reproche : « Lécuyer !... » lui... — « Qu'est-ce que ça peut leur faire ? C'est les gigolos qui casquent. »

Ainsi parlait ce bon vieillard, avec une figure suant à ce point l'ingénuité et le cynisme, qu'on ne savait plus exactement si on devait plutôt la couvrir de baisers ou de crachats. Quel gredin ! mon Dieu, quel gredin ! Bon homme comme tout, avec ça. Mon amitié pour son fils m'avait valu ses bonnes grâces, en sorte qu'il me dit un jour :

— Garçon, si les coulisses de mon humble boui-boui étaient pour vous de quelque attrait, il ne faudrait pas vous gêner.

Les coulisses !...

J'avais dix-sept ans, j'en portais haut la main quatorze, et je doute si ma sœur Lucienne, ma cadette de dix-huit mois, était, plus que moi, ingénue...

J'acceptai avec empressement et y fis mon entrée le soir même.

II

Outre le double et étroit sentier gercé de périlleuses costières, qui enfermait la scène sur chacun de ses flancs, les coulisses du père Lécuyer se composaient d'un labyrinthe de couloirs zigzaguant en d'éternelles ombres, et du foyer des artistes, boyau en contre-haut de deux marches, dont un miroir déchiré de paraphes soulignait, en la reflétant, l'abominable malpropreté. Là, chaque soir, de neuf heures à minuit, se déversait le trop-plein des cintres : en corsages de gaze, en bras nus, en turbulences de gamines dissipées. Tout ce petit monde entrait, sortait, pépiait, voletait, esquissait des jetés, grimaçait à la glace, répondait de loin : « Et ta sœur ? » aux incessants « Noun dou Diou ! » d'un maître de ballet italien ; tandis que de toutes ces jambes — les unes aux troublantes ampleurs ; d'autres plus frêles, d'une telle gracilité, parfois, qu'elles étaient comme les pistils de vastes lis renversés — je tâchais à garer de mon mieux mes jambes de potache craintif.

Il est de ces timidités, véritables infirmités de l'âme, que l'on sent être sans remède et dont on n'a plus qu'à se désespérer en silence ainsi que de l'humiliation d'une difformité physique : un éléphantiasis des lèvres ou une couenne de lard sur le nez.

Telle la mienne.

Ce que j'ai souffert, en ce foyer !

Car ces demoiselles, visiblement, me prenaient pour un phénomène. Intriguées et vaguement inquiètes, elles se désignaient du coin de l'œil cet obstiné et mystérieux visiteur, poli, joli, bien peigné, dont on ne connaissait ni le nom, ni la voix, qui passait des soirées entières à ramper d'un angle de murs à une embrasure de porte. Mais deux, surtout, m'exaspéraient par leur air de se moquer de moi, leur façon de pincer les lèvres sur des fous rires qui se contenaient. Leur discrétion dans la raillerie m'était devenue insupportable au point que, les nerfs s'en mêlant, j'en étais arrivé — oserai-je le dire? — à souhaiter QU'ELLES MOURUSSENT !!! Oui, pas plus que ça ! on m'eût offert de me vendre leur disparition, que je l'eusse achetée de mon âme, sans en marchander les moyens.

Pauvres enfants !

Et tout cela parce que l'audace me manquait de leur mettre la main aux... hanches.

Vous me direz :

— Quand on est aussi bête que ça, on reste chez soi : c'est bien simple.

Oui, mais quand on est amoureux?

Et je l'étais.

Du reste, il faut dire une chose : il y avait de quoi.

Mademoiselle Mariannet, la commère de la revue alors en représentation sur la scène des Folies-Modernes, était une admirable personne au dur visage de Junon que paraient deux yeux inquiétants, de ces yeux myopes qui furètent sans cesse, cherchent on ne sait quoi autour d'eux, semblent perpétuellement en quête de quelque mal nouveau à faire. Certes elle n'était pas trop grande, mais combien elle l'était assez et qu'elle s'était arrêtée à temps, bonté divine !... qu'elle s'était arrêtée à temps ! Pourtant elle avait eu cet esprit ; en sorte que, de ses bras nus et gonflés de robuste jeunesse, de ses jambes que proclamait, avec l'intention de les taire, une mousseline constellée d'étoiles, et de ses reins, et de ses hanches, et de tout,

enfin, ce qui était elle, surgissait la Beauté elle-même, dans le resplendissement auguste de son triomphe. Ah ! c'est un fait : pour un novice je n'avais pas raté le coche ; j'avais mis dans le mille tout de suite.

Quant à en avoir soufflé mot... Incapable, vous pensez bien.

Non ; mon âme avait son secret, ma vie avait son mystère, telles l'âme et la vie du bonhomme d'Arvers au début du sonnet illustre. Ver de terre amoureux d'une étoile d'opérette, je vivais en l'ivresse immense de la voir, la détresse de ne la voir plus, l'anxiété de la revoir encore, et le délicieux soulagement, où se délassait tout mon être, à remettre enfin la main dessus.

L'amour, c'est l'idée qu'on s'en fait ; chacun le pratique à sa manière, au prorata des mérites qu'il lui prête et de l'estime dont il l'honore. Vous êtes, vous, d'une génération qui est peut-être dans le vrai en le tenant quantité négligeable ; moi, je ne l'admets qu'imbécile à force d'être sentimental. Je suis homme, quand l'amour me prend, à acheter une mandoline et à aller jouer des airs sous les fenêtres de la bien-aimée. Et ceci à quarante-sept ans !... et avec la gueule que j'ai !

C'est vous dire si mademoiselle Mariannet trouva des fois, chez le concierge du théâtre, des poésies signées X...

A part ça, rien du tout, — d'ailleurs, — que mes reculs éblouis devant elle comme devant le Saint-Sacrement lorsqu'elle traversait le foyer, et mes regards qui la suivaient de loin, accrochés à la traîne promenée de sa tunique dont ils devenaient en quelque sorte l'invisible prolongement. Ça pouvait durer longtemps. Mais les femmes sont tellement l'Amour qu'elles dépisteraient un soupirant sous la dalle scellée d'une tombe. Un soir, mademoiselle Mariannet, au moment où je m'y attendais le moins, fit devant moi une brusque halte. Elle avança vers mon visage les minces à-jour de ses cils presque clos, et :

— Qu'est-ce qu'il a donc, ce petit, fit-elle, à me regarder tout le temps avec des yeux de merlan frit?

J'eus l'impression que, soudain, le sang de mes veines tournait en huile ; le sol, sous mes pieds, fléchit.

— Bien sûr, vous. Non, mais il est rigolo, ce gosse ; je n'ai pas vu son petit manège, peut-être.

C'EST VOUS DIRE SI MADEMOISELLE MARIANNET TROUVA CHEZ LA CONCIERGE...

— Moi ? balbutiai-je éperdu ; moi ? Elle poursuivit

Autour de nous des gens riaient. L'épouvante du ridicule me donna des témérités.

— Et quand même? ripostai-je dressé sur mes ergots. Si je suis amoureux de vous, moi?

— Amoureux!...

— Oui, amoureux. Vous êtes assez belle fille pour ça. Et puis quoi : je ne suis pas le seul, je pense.

— Oh! dit mademoiselle Mariannet, vous pouvez même en être sûr.

Elle dit, et, ouvrant l'écrin qu'était sa bouche sur les perles qui étaient ses dents, elle se mit à rire, mais à rire!... Moi?... le seul amoureux qu'elle eût?... L'hypothèse lui apparaissait si bouffonne, si bizarre, si imprévue, qu'elle la jugeait la plus réjouissante du monde et qu'elle en riait à pleines lèvres, d'un rire de mâle où hurlaient de monstrueux atavismes, des gaietés de garçon boucher, toute l'écume de sang de rustre qui lui courait sous la peau en petites couleuvres azurées. Même, à la fin, ça devenait insultant, ces éclats jetés comme des noms à mon ingénuité jalouse. Je vis le moment où j'allais perdre patience et lui lancer : « — Taisez-vous donc ; vous m'exaspérez, mademoiselle. Si vous traînez après vos jupes des régiments de chiens en rut, ayez la pudeur de le taire. » Une chose m'en empêcha ; la survenue de l'avertisseur, qui, de la porte, braillait dans le porte-voix de ses mains :

— En scène, la commère!... en scène!

— Voilà! cria mademoiselle Mariannet.

Déjà elle était envolée. J'éprouvai, à ne l'avoir plus là, je ne sais quel sentiment complexe, fait d'allégement et de regret, et je rentrai chez moi plein de trouble.

Mais le lendemain, comme je débarquais au foyer, je l'y trouvai toute seule, les reins creusés, les coudes hauts, occupée à se lisser les tempes devant la glace.

— Ah! fit-elle sans se retourner, voilà mon petit amoureux.

— Bonsoir, dis-je.

— Ça va bien?

— Et vous?

Je compris que nous étions amis. Gentiment nous nous sourîmes ; et aussitôt, fidèlement, le même miroir où se reflétaient nos deux têtes, renvoya à chacun de nous le sourire qui lui était dû.

QU'EST-CE QU'IL A DONC CE PETIT...

III

L'âme des jeunes hommes est une fleur, comme en est une le corps des jeunes femmes. Jeunes lèvres contre jeunes lèvres, avec ça on fait un bouquet.

Nous eûmes, mademoiselle Mariannet et moi, des amours de fille à enfant, délicieuses, pleines chez elle de gentillesses gamines, chez moi de ces gâteries d'aïeul où se complaisent et se satisfont les tendresses vraiment délicates. Grâce aux misérables vingt sous qu'en se saignant aux quatre veines me donnait ma pauvre maman pour mes plaisirs de la journée, je trouvais le moyen — ô ingéniosité ! — de la bourrer de chatteries, d'avoir toujours les poches pleines d'une confusion de sucreries empoissées, sur lesquelles elle s'élançait avec une voracité affamée. Car les filles ont ce côté charmant : leur égalité d'enthousiasme devant le cadeau quel qu'il soit, leur pareille exclamation de joie pour une victoria à quatre ou pour un cornet de berlingots.

A cet égard, mademoiselle Mariannet ne laissait rien à désirer.

Même répétition tous les soirs.

J'arrivais.

Elle :

— Mes bonbons?

Moi, faisant la bête :

— Vos bonbons ! Quels bonbons? Je ne sais ce que vous voulez dire, je n'ai point de bonbons pour vous, moi.

Alors, elle se faisait câline, elle avait les rires complaisants d'une personne qui sait qu'on plaisante, prend en bonne part la plaisanterie et montre, n'ignorant point qu'elle en sera récompensée, comme elle a un bon caractère. Et le courage me manquait de lui tenir longtemps rigueur ; je les lui donnais, ses bonbons ; mais combien parcimonieusement ! diraient nos messieurs d'aujourd'hui. Je les arrachais à ma poche avec les efforts les mieux joués et je les lui offrais un à un, riant de voir s'allumer en ses yeux les convoitises d'un bébé à qui on donne ses étrennes, et tressaillir d'aise, sous la jupe, la croupe superbe de cette grande bringue, moitié chatte, moitié jument.

Tenez, j'ai encore dans l'oreille l'écho du cri de joie qu'elle poussa pour une pipe de sucre rouge ; de la voix pénétrée dont elle me dit : « Merci ! » un soir où je lui avais donné, lié avec une faveur tendre, un paquet de minuscules journaux enveloppant du chocolat...

Quelle gosse !

Elle était de celles qui, arrivées à l'âge de la première communion, y demeurent et s'y cramponnent, ayant accompli en entier le cycle de leur évotion intellectuelle.

Elles sont quelques-unes comme ça.

Lestées à onze ans, une fois pour toutes, du bagage d'expérience qui doit les mener jusqu'à la mort, elles se balladent, le front haut, à travers une vie imbécile, hérissée de banalités comme la conversation d'un garçon coiffeur, où grouillent confusément le stupide préjugé, la susceptibilité sotte, la rage de parler sans savoir, l'attendrissement à propos de tout, excepté, bien entendu, de ce qui en mérite la peine, et la même passion fatale pour tout ce qui est sucrerie, niaiserie, ou toréador. Belles têtes, certes ; oh ! très belles têtes !... mais de cervelle, aucunement. Oui, elles sont comme ça quelques-unes.

La vérité me force pourtant à le dire : au régiment des perruches, mademoiselle Mariannet eût pu être tambour-major. Sa taille le lui eût permis, et aussi l'insondable point de profondeur où atteignait sa puérilité.

Elle ne fut jamais ma maîtresse. Pourquoi? je n'en sais rien, car je l'eusse voulue que, mon Dieu, je n'eusse eu que la peine de la prendre. Mais qui saura jamais chanter en vers suffisamment pompeux les puretés du premier amour et ses humilités exquises? J'aimais mademoiselle Mariannet, à la façon de ces vieux maniaques qui, volontiers, s'iraient tous les jours pâmer d'aise devant la vierge de Murillo et que l'idée de l'avoir à eux ferait sourire d'incrédulité. Le jour où je poussai l'audace jusqu'à l'appeler « Marthe » tout court, je pensai que je la possédais, et j'eus, un instant, devant les yeux, le voile embrouillassé du spasme.

En fait, mes espérances flottaient, informulables. Elles pataugeaient en de vagues visions, d'une candeur à faire frémir : évocations de tête-à-tête à l'abri des regards indiscrets, suppositions de longues promenades sous l'ombre des forêts touffues, pleines de fraîcheurs et d'oiseaux ; tout le déchaînement de folles chimères qui font les jeunes gens idiots et par conséquent délicieux. Mais sur tout une idée fixe me hantait : l'inviter à déjeuner ! Où? Avec quel argent? Problème !... que je ne me posais même pas, en ma belle confiance de gamin qui risque le tout pour le tout, joue à faire l'homme, se donne les allures cousues d'or du monsieur qui régale les dames et se lance à corps perdu dans de platoniques largesses.

Et tout le temps j'en revenais là :

— Venez déjeuner avec moi, Marthe ! Hein, venez déjeuner avec moi? Cela me ferait tant de plaisir.

Elle, riait : « Mais non ! mais non ! » Et j'insistais : « Mais si ! mais si ! », pauvre nigaud grisé du besoin d'épater et qui ne se pose pas la question : « Que deviendrais-tu, malheureux, avec tes vingt sous par jour, si par hasard elle acceptait !... »

Un soir, elle accepta.

— Eh bien, c'est entendu. Demain, à la *Maison-d'Or*. A midi.

— J'y serai, répondis-je.

Le sang figé en mes veines, j'eus l'extraordinaire force d'âme (où la puisai-je? je n'en sais rien), de lui baiser le bout des doigts en murmurant : « Que vous êtes bonne! » cependant qu'en ma tête, martelée d'inquiétudes, naissait l'extravagant projet d'emprunter au père Lécuyer les cinquante francs indispensables au réglement de l'addition.

Comme par hasard, cet excellent homme, au même instant où je lui tombai sur le poil, était en train de faire des faux à la clarté blanche d'une lampe posée près de son coude, sur la table. Si bien que mon entrée en coup de vent lui causa une révolution. Un sursaut brusque l'avait mis debout et il demeurait, blême d'effroi, la dextre ouverte sur le sein gauche et contenant des palpitations.

— Mon Dieu, que c'est bête... Mon Dieu, que c'est bête !...

Il avait cru que c'étaient les gendarmes, je pense. Il se remit tout de suite, d'ailleurs ; et le visage orné d'un sympathique sourire :

— Ah ! ah ! c'est vous ! Salut à la jeunesse, dit-il. Que puis-je pour votre service?

J'exposai mes prétentions :

— J'ai une dame à déjeuner, demain. C'est une affaire de cinquante francs, dont je n'ai pas le premier sou. Alors, j'ai pensé que peut-être vous voudriez bien me les prêter. Je vous les rendrai, monsieur ; oh ! je vous les rendrai, je vous le jure ! Je vous donnerai cinq francs par semaine, et...

Mais, transfiguré déjà, le père Lécuyer était devenu touchant.

Il répétait :

— Cinquante francs !... Et où voulez-vous que je les prenne?... Que je vous prête cinquante francs? moi?... Mais depuis deux jours, pauvre enfant, je cours Paris pour les trouver !

Le larmoiement faisait partie de ses petits talents de société. Il se mit, ce vieux crocodile, à pleurer de véritables larmes ; oui, de vraies larmes, plus grosses que des alcarazas, et qui tombaient de ses yeux, une à une, au point que j'en étais malade d'attendrissement.

Je finis par lui dire :

— Ne vous chagrinez pas. Je sais bien que ce n'est pas le bon vouloir qui vous manque !

— Dieu !...

Et pour me montrer, en effet, combien il en était pétri, il me donna un vague conseil auquel je ne compris goutte, d'où il résultait qu'à ma place il eût fait, l'heure venue de la carte à payer, le monsieur éploré qui a perdu sa bourse et la cherche dans toutes ses poches, tandis que la dame insinue : « Voulez-vous un billet de cent francs?... Vous me rendrez ça ;... cela n'a pas d'importance. » Je vous dis que l'âme de cet homme était faite de fangeux limon ! — Tout de même je sortis de chez lui Gros-Jean comme j'y étais entré, les mains vides mais l'esprit terriblement inquiet.

IV

On dit de la solitude qu'elle est mauvaise conseillère.

Eh bien, et le mauvais sommeil?

De deux heures du matin, heure où je me mis au lit, jusqu'au moment où j'envoyai promener le drap avec un geste désespéré, ah! j'en écopai un, de sommeil!

Et quand je dis un, je suis modeste; j'en écopai bien une quinzaine, de ces affreux petits dormirs qui vous brisent un monsieur comme une volée de coups de trique, où se trahit la préoccupation de l'âme, en solutions à la fois heureuses et si évidemment chimériques que vous n'y prenez même pas de soulagement passager.

Tantôt c'était un télégramme de mademoiselle Mariannet : *Impossible de venir. Ne comptez pas sur moi.* » Ouf! Mais à une seconde lecture il arrivait cette chose curieuse, que, sur le bleu pâle de son fond, le bleu des caractères ne se détachait plus, brusquement apâli lui-même, jusqu'à être devenu illisible. Moi, la vie petit à petit se faisant sa place dans le songe, je pensais : « Ce n'est pas naturel. C'est un cauchemar. Je dors, je dors. » Et je dormais si bien qu'à la même minute j'avais déjà cessé de dormir, la nuque dans l'oreiller et les yeux grands ouverts sur la tache livide de la fenêtre. Tantôt je me voyais quittant le restaurant, mademoiselle Mariannet au bras. La note acquittée?... Ah! voilà?... Sans doute, pourtant; encore que la question se posât à ma logique : « Par quelle main mystérieuse, alors? » — Peut-être, aussi, avais-je, sans m'en être aperçu, conclu arrangement à l'amiable, ou bénéficiais-je de cette sérénité avec laquelle sait l'âme, dans le rêve, accueillir des événements du plus surprenant imprévu. Cette hypothèse, peu à peu, s'implantait en mon esprit, elle s'y développait en tache d'huile, elle finissait par hurler d'évidence. Et tout à coup : un carré pâle devant les yeux ; sous la nuque une tiédeur de plumes... L'affreux réveil encore une fois !

— Ah ! bon Dieu !

Je sautais, baigné de sueur, sur mes pieds.

— Quelle heure? — Trois heures moins un quart !... Comment ! je n'ai dormi que deux minutes?

» Mais un cauchemar, surtout, persé-cutait mon sommeil, le hantait presque sans répit avec l'obstination d'une brute qui a inventé une bonne scie et vous en larde comme une escalope, tout vif : la pluie... — vous connaissez ça, — la pluie des pièces de dix sous qu'a semées par les trottoirs des rues une prodigalité folle ou une étourderie sans nom. C'en était une, d'abord, puis deux ; et puis cinq, et puis dix, et puis vingt, et puis cent! Ravi plutôt qu'étonné, surpris seulement qu'autour de moi les passants demeurassent aveugles à cette manne bienfaisante visible pour moi seul, je recueillais les pièces de monnaie à pleines mains et je voulais les mettre en ma bourse, mais celle-ci débordait déjà de louis qui y étaient venus tout seuls, par l'intervention du Saint-Esprit. Alors j'emplissais mes poches, qui regorgeaient bientôt à leur tour. En sorte que, tremblant de joie, je commençais à me dire : « C'est assez ; j'ai maintenant plus qu'il ne me faut », quand insensiblement, par lentes gradations, la vision s'obscurcissait. Des inquiétudes s'emparaient de moi, la crainte d'être la dupe d'une hallucination mensongère... C'était la vie, un instant sortie, qui rentrait tranquillement chez elle, et, à travers une dernière brume de rêve, me jetait comme jadis le monstrueux Simon au pauvre petit Louis XVII : — Tu dors, Capet?

Et je ne dormais plus.

Quelle nuit !...

Certainement, dix fois au moins, je retombai en sursaut, du haut de ce même cauchemar, dans le réveil et dans les ténèbres de la chambre.

Je sais bien que j'eusse pu, au jour, télégraphier moi-même à mademoiselle Mariannet : « *Ne comptez pas sur moi ; impossible de venir.* » C'eût été la question tranchée. Mais le misérable orgueil des hommes ?... Il faut en tenir compte pourtant, depuis le temps qu'il régit le monde. Accepter que mademoiselle Mariannet pensât de moi ceci ou cela? Consentir à ce qu'un soupçon de vérité pût effleurer une minute sa perspicacité de rouée?

Jamais !

A cette horrible supposition, je sentis se révolter en moi des tas de fibres chatouilleuses; ce fut en ma vanité, que menaçait une blessure, une bousculade de sentiments tous plus bêtes les uns que les autres : la peur du qu'en-dira-t-on, le dédain haineux de ma jeunesse, la basse envie, est-ce que je sais ! Et notez — la question argent mise à part, supposée n'être point surgie, — que l'idée du seul-à-seul avec mademoiselle Mariannet inquiétait mon ingénuité et troublait ma fleur d'innocence au point de me donner la colique ! Bah ! il n'est tels entêtements que les entêtements imbéciles, et c'est ainsi que j'en arrivai, malade d'insomnie à la fin, et d'entêtement qui proteste, et d'impuissance qui ne veut pas en convenir, et d'aveuglement de parti pris devant les choses et les dieux, à jeter tout bas : « Si ! je le sais ! » à la voix, la mauvaise voix, lentement élevée près de mon oreille et y marmottant : « De l'argent ! Ne sais-tu pas où il y en a ? »

Il y en avait sous ma main, à deux pas, de l'autre côté de la porte.

Oh ! la pauvre boîte de bois blanc, sans un cadenas, sans une serrure, où reposaient, confiantes, les maternelles économies !

La tentation devint trop forte.

Je me levai... Je poussai la porte, qui ne cria pas. D'une main tremblante de voleur, je soulevai le couvercle de la boîte, et, à tâtons, je pris un billet de cent francs. Mais ça ne me porta pas bonheur. Trop de remords me prenaient à la gorge tandis que je retenais mon souffle pour mener à bonne fin ma mauvaise action, mêlés à des terreurs trop grandes d'être brusquement découvert. J'y gagnai une maladie de cœur, que je soigne en vain depuis trente ans, qui ne fait que croître et embellir, et dont je crèverai un de ces quatre matins, comme une simple bulle de savon.

V

Arrivé au rendez-vous avec vingt minutes d'avance, je m'étonnai un petit peu qu'elle ne fût pas déjà là. A mon entrée, des garçons s'étaient empressés.

L'un d'entre eux s'approcha de moi, vint solliciter mes ordres.

— Monsieur déjeune ?

— Tout à l'heure. J'attends l'arrivée de quelqu'un.

Il s'inclina.

C'était en vérité un très beau monsieur, ce garçon. Sa solennelle correction était celle d'un ambassadeur, et ses joues, à peine frottées d'une couche de favoris trop bruns, évoquaient une idée de tartine de caviar qu'aurait graissée la main économe d'une marâtre.

De son bras il me désigna une table à deux ; près de la fenêtre.

— Monsieur et Madame seraient très bien, ici.

... Et Madame !

La perspicacité de cet homme me comblait d'admiration ; d'autre chose aussi, peut-être.

— Soit.

Je m'installai à sa table, et je dois dire que, cinq minutes, j'y goûtai, dans toute sa douceur, l'impression de cette chose ineffable : le bien-être.

Ah ! Paris le matin, au soleil ! — J'en avais devant moi la débordante allégresse, son grouillement de vies emmêlées, ses allées et venues d'ombrelles, ses reflets de beau temps dans les carreaux des fenêtres et sur les flancs vernis des fiacres ; joie des yeux, qui se venait achever sous les miens, accrochée en mille paillettes aux minces filets des couverts, aux cristaux biscautés des verres et des carafes, aux compliqués réseaux de métal emmaillotant l'outremer sombre des salières. En un même angle du plafond, le verre d'absinthe que j'avais demandé pour la forme et que faisait trembler près de mon coude le passage des omnibus chassait et maintenait un pâle tremblotement (quelque chose comme le vol sur place d'un papillon énorme et flou), et vraiment, cinq minutes durant, la vie m'inonda de ses charmes.

Surtout qu'ayant demandé à consulter la carte sous couleur de dresser mon menu, j'avais eu la joie de constater une certaine disproportion entre le prix marqué des plats et l'idée que je m'en étais faite. J'avais cru à au moins cent sous par rondelle de saucisson, en ma simplicité naïve. Grâce à Dieu, un simple coup d'œil

UNE BONNE VINT M'OUVRIR.

m'avait pleinement rasséréné. Deux louis, trois à la rigueur, et c'était les choses faites plus que bien.

Le malheur est que la belle invitée ne se hâtait point d'apparaître. Midi arriva, mais non elle ; puis le quart après midi. Des étonnements, en mon esprit, commencèrent à s'agacer.

— Qu'est-ce qu'elle fiche? Qu'est-ce qu'elle fabrique?

Cinq ou six fois, devant le perron, des voitures avaient fait halte ; des portières, qu'avaient chassées par soubresauts des petites pattes gantées, de femmes, s'étaient violemment ouvertes ; mais toujours, hélas, sur des pattes, sur des tailles et sur des frimousses qui n'étaient point les espérées. Ah! l'odieux supplice de l'attente! et des ironies qui l'aggravent! — les espoirs cent fois réveillés et qui cent fois se recassent les reins ; le cher petit soulier jaune bien connu, tout à coup déposé sur un marchepied de fiacre, plus bas qu'une jupe aux larges losanges familiers... qui finit par être celle d'une autre ; et la gaieté contenue du garçon de café qui détourne de vous ses regards de crainte que vous n'y lisiez, comme en un livre ouvert, ces mots, dont le châtieraient sur l'heure des coups de botte exaspérés :

— Ah! ah!... Encore un lapin!...

La demie de midi ayant sonné, l'homme aux favoris de caviar vint à moi pour la seconde fois, et pour la seconde fois aussi, avec, du reste, la même déférence majestueuse qui m'avait tout à l'heure conquis :

— Monsieur, demanda-t-il, déjeune?

Pour la seconde fois, à mon tour, et une brusquerie sur la lèvre :

— Je vous ai dit : «tout à l'heure!» répondis-je.

Pourtant, comme il s'éloignait :

— Dites-moi, garçon. Personne n'est venu me demander?

La compatissante discrétion avec laquelle répondit : «Non, monsieur», cet homme qui, évidemment, avait flairé le dessous des cartes et m'eût pu accabler de goguenarderie assassine, lui gagna toutes mes sympathies. Plein de pitié pour ce pauvre diable, dont j'accaparais une des tables pour une consommation de dix sous :

— Au fait, si! Servez-moi, lui dis-je. Ce que vous voudrez, je m'en moque. Une côtelette, tenez ; et du brie.

Il dut ne pas rester fermé au sentiment qui m'animait, car, tandis qu'il poussait devant moi une assiette de fine porcelaine marquée au chiffre de la maison :

— Madame, glissa-t-il à mi-voix, s'est peut-être trouvée souffrante.

— Peuh !...

J'eus le geste indifférent du monsieur qui s'en bat l'orbite ; car je gardais encore l'espérance de la voir, débarquée à l'instant où je ne l'attendais plus, me chercher vaguement souriante, autour de soi. Seulement, lorsque se fut arrêtée devant une heure l'aiguille d'or de la pendule, les morceaux devinrent trop amers sous mes dents ; je sentis que maintenant elle ne viendrait plus ; que des choses extraordinaires avaient dû se passer depuis la veille.

Extraordinaires, oui ; mais lesquelles?

Des folies me passèrent par la tête : des suppositions de l'autre monde, des visions de brusque maladie, de suicide, d'assassinat, d'enlèvement ; toutes extravagances ridicules, faites pour fermenter à souhait en une cervelle d'enfant impressionnable et bon.

Je luttai, mais une minute vint où je fus par trop malheureux.

— Garçon ! ma note?

Mon dû soldé, je sautai dans une voiture.

Mademoiselle Mariannet habitait boulevard Montmartre, 26, je crois, au troisième. Je sonnai. Une bonne vint m'ouvrir.

— Mademoiselle Mariannet?

— C'est ici.

— Puis-je la voir?

— Elle est sortie.

— Sortie !...

— Oui, monsieur.

— Quand?

— Ce matin.

— Ah!

Je pris un temps.

— Dites-moi... Mademoiselle Mariannet était-elle en bonne santé quand elle est sortie ce matin?

— Oui, monsieur. Certainement. Pourquoi?

— Pour savoir. — Et... vous êtes sûre qu'il ne lui est rien survenu, depuis hier? aucun contre-temps regrettable? un accident? un deuil de famille? quoi que ce soit?

— Pas que je sache.

— Merci. Au revoir.

— Monsieur, je vous souhaite le bonjour.

La porte retomba. Je restai seul.

Comment, pas morte? pas malade !... Alors quoi? Pourquoi donc n'était-elle pas venue?

V

La journée s'acheva pour moi dans des transes intraduisibles, et je vous réponds que ce soir-là je filai de bonne heure aux *Folies!*

Au moment de tourner la rue du Château-d'Eau, dont le théâtre faisait l'angle, le taf me prit ; j'avais eu la soudaine vision de la grille close, que flanque, de droite et de gauche, rompant diagonalement l'affiche du spectacle, un formidable et funeste

RELACHE

Une suée me monta aux tempes, et mon cœur travaillé de pressentiments lugubres se mit à trotter sec, si sec, en ma poitrine, que je dus prendre un court repos.

Rien de nouveau, du reste ; rien du tout. Comme toujours, encadrant le couronnement de la voûte qui aboutissait au contrôle, flambaient en caractères de feu ces deux mots FOLIES MODERNES, et au-dessous, inondé de lumière, se détachait en noir, sur le rose des affiches, le nom de mademoiselle Mariannet.

J'en soufflai laborieusement.

Le premier acte, justement, commençait. Par les à-jour de la barrière à claire-voie qui fermait le Café du Théâtre, m'arrivait l'aigu grelottement de la sonnette de l'entr'acte appelant sans se lasser au public.

Je me hâtai. Je pénétrai sur scène, par la communication, et ayant, d'une poussée discrète, chassé devant moi les tambours du foyer, je vis une chose qui me combla de joie.

La nuque mirée en la glace et reposant aux montures d'un cadre malade de la lèvre rouge, mademoiselle Mariannet se faisait du bon sang. Son talon gauche en équilibre sur le coude de son pied droit, elle allongeait entre l'écartement scabreux de sa tunique la royale magnificence de ses jambes habillées d'un trop pâle maillot ; et ceci devant trois cocodès qui lui faisaient leur cour à coups de saletés et, du regard, me la possédaient sous le nez, tranquillement.

Il faut tout dire; elle se montra, avec
moi, aussi charmante que possible. Elle
m'aperçut sitôt qu'entré, myope savante,
aux yeux clignés sur la vie, tels des yeux
fouilleurs d'antiquaire sur le détail dont
il ne faut rien perdre d'un bibelot précieux et rare. Tout de suite elle tourna vers
moi l'incertain sourire amusé qui lui
traînait sur les lèvres, l'accentuant, à
mon intention, d'un petit salut imperceptible.

Pourtant, comme je n'y répondais
pas, elle s'étonna. Ses paupières ne furent
plus que deux minces traits d'ombre,
frangés de brun et qui cherchaient.

— Ça ne va pas? me cria-t-elle de
loin.

Puis, sans attendre ma réponse, après
un : « Pardon! une minute! » jeté
aux trois quarts crevés, elle vint à moi,
toujours souriante.

— Vous avez quelque chose à me dire?

De cette voix où, sans aigreur, se plai-
gnent les tendresses froissées :

— Marthe, vous n'êtes pas venue,
reprochai-je.

Si simplement que l'idée ne put naître
en moi, une minute, de mettre en doute
sa sincérité :

— Venue?... fit mademoiselle Mariannet. Où ça, venue?

Je repris :

— Vous savez bien.

— Moi?

— Souvenez-vous, Marthe!... dis-je encore. Hier au soir, voyons?... A cette
place?...

Elle ne comprenait pas. Je dus spéci-
fier :

— Vous aviez été si mignonne... Vous
m'aviez fait espérer que nous déjeunerions
ensemble.

Ce rappelé la jeta à une rêverie profonde. Deux ou trois fois, elle répéta,
fouillant de bonne foi ses souvenirs.

— Ensemble?... Déjeuner ensemble?

Brusquement elle tapa l'une à l'autre
ses mains ; sa bouche s'illumina d'une
gaieté gamine :

— Tiens! s'exclama-t-elle; c'est vrai!
Ça m'était sorti de la tête.

Et là-dessus :

— Vous m'excusez, hein? Je suis avec
des messieurs.

Voilà.

J'en avais pour cent francs, — puisés,
Seigneur, à quelle source!... pour vingt-
quatre heures d'anxiétés, d'humiliations,

EN SCÈNE LA COMMÈRE.

d'affreuses angoisses; et pour des semaines dont avait peuplé chaque instant
la préoccupation unique d'être à Elle,
Sans doute je n'avais point pensé qu'elle
m'aimât (les enfants, tout à l'ardeur de
se livrer, n'ont point de ces ambitions),
mais enfin, si peu que ce fût, je croyais
être quelque chose à sa reconnaissance
attendrie, et si je lui avais fait, de mon
cœur, une façon de nid douillet, c'était
avec l'espérance qu'elle s'y sentirait

au chaud. Ah ! ouat ! Elle s'en foutait bien. Je m'en rendis un compte si exact,

JE PLEURAIS LONGUEMENT.

que toute ma sensibilité regimba comme sous l'insulte d'une calotte. Je sentis s'effondrer bruyamment et se briser au fond de moi-même des infinités de petites choses, fragiles, fragiles, fragiles ; et mes yeux, soudainement ouverts, se fixèrent, épouvantés, sur l'infini de sécheresse, d'ingratitude noire, et d'inconsciente férocité auquel peut, le sourire aux lèvres, atteindre une femme point méchante.

Cependant l'avertisseur, surgi sur le seuil du foyer, braillait depuis une minute, à en ébranler les carreaux :

— En scène, la commère ! en scène !

— J'y vais ! dit mademoiselle Mariannet qui enfin voulut bien se lever et gagner sans se presser la porte.

M'ayant heurté de son coude nu, au passage :

— Pardon ! fit-elle.

Et son sourire l'excusait, son sourire affectueux et doux, de chaque soir.

Le sang ne me fit qu'un tour.

— Saute dessus ! criait ma jeunesse bafouée.

— Étrangle-la ! hurlaient à l'unisson mes bons sentiments méconnus.

Je balançai entre l'étranglement et la simple paire de gifles, après quoi, homme des demi-mesures, je pris un moyen terme : les larmes. Je filai à l'anglaise, sur la pointe du pied, et je gagnai la nuit d'un couloir, où, l'avant-bras au salpêtre d'un mur et le front sur le poignet, je pleurai longuement, tout bas, le bien perdu, les fleurs gâchées, et les perles jetées aux cochons.

UN MONSIEUR A TROUVÉ
UNE MONTRE

Du haut du tramway de l'Étoile, je crus voir à l'ami Breloc qui, justement, traversait la place Blanche, une figure à ce point révolutionnée, que je descendis de voiture exprès pour l'aller questionner :

— Eh ! bon Dieu, qu'est ceci, Breloc ? m'écriai-je ; et quel est ce visage plus mélancolique cent fois qu'une boutique fermée pour cause de décès ?

Il répondit :

— Ne m'en parle pas ; j'ai failli aller en prison.

Entendant cela, je supposai qu'il avait commis quelque malhonnêteté et je me mis à pousser les hauts cris, mais lui, sans doute, me devina, car il s'écria :

— Tu n'y es pas !... J'ai failli aller en prison à cause d'une saleté de montre que j'ai trouvée cette nuit, boulevard Saint-Michel, et fidèlement reportée ce matin chez le commissaire de police de mon quartier. Hein, elle est raide, celle-là ? Rien n'est plus vrai, pourtant ; et j'en suis encore malade d'ahurissement et de stupeur. Du reste, tu vas en juger. Tu as bien cinq minutes ?

— Parbleu !

— Écoute-moi alors. Et tâche que ça te profite.

Muni de la montre en question — une belle montre d'homme, ma foi, boîtier en or avec initiales en platine — je me présentai, sur le coup de neuf heures du matin, au commissariat de la rue Duperré et demandai à être introduit près du commissaire de police. Ce personnage, qui achevait de boire son chocolat, donna l'ordre de me faire entrer et sans me souhaiter le bonjour, me faire asseoir ni rien, me dit :

— Qu'est-ce que vous demandez ?

J'avais pris l'air de circonstance, le sourire discret du monsieur qui accomplit une action d'éclat et qui s'attend à être couvert de lauriers.

Je répondis :

— Monsieur le commissaire de police, j'ai l'honneur de déposer entre vos mains une montre que j'ai trouvée cette nuit et que...

Je n'avais pas achevé, que le commissaire se dressait, répétant :

— Une montre ! Une montre !

Des gardiens de la paix jouaient au piquet dans le poste.

Il leur cria :

— Hé ! vous autres, fermez donc la porte de la rue. On est ici comme dans un moulin, ma parole !

Et il demeura debout, rognant entre ses dents, à attendre que l'ordre donné eût reçu son exécution.

Quand ce fut fait, il se calma, replongea en son siège et dit :

— Veuillez me remettre cet objet.

Je m'exécutai. Il se saisit de la montre, et pendant une longue minute il la mania,

Il reprit :

— Et où avez-vous, je vous prie, trouvé cet objet de valeur?

— Boulevard Saint-Michel, répondis-je, au coin de la rue Monsieur-le-Prince.

C'EST UNE MONTRE. IL N'Y A PAS A DIRE LE CONTRAIRE.

la retourna, la flaira, en fit jouer alternativement le remontoir, le boîtier et le mousqueton d'attache.

— Oui, conclut-il enfin d'un air grave, c'est une montre. Il n'y a pas à dire le contraire.

Là-dessus il étendit le bras, enfouit la montre au fond d'un vaste coffre-fort, qu'il referma ensuite à double et triple tour. Je le regardai faire, étonné.

— Par terre? fit le commissaire ; sur le trottoir?

Je répondis qu'il en était ainsi.

— Voilà qui est extraordinaire, dit alors, en fixant sur moi un œil méfiant, cet homme bien plus extraordinaire encore. Le trottoir, ce n'est pas une place où mettre une montre.

— Je vous ferai remarquer... insinuai-je en souriant,

Sec, le commissaire dit :

— Assez ! Je vous dispense de toute remarque. J'ai la prétention de connaître mon métier.

Je me tus et cessai de sourire.

Lui reprit :

— Qui êtes-vous, d'abord ?

Je me nommai.

— Où demeurez-vous ?

Je dis que j'habitais place Blanche, 26, au premier au-dessus de l'entresol.

— Quels sont vos moyens d'existence ?

J'exposai que j'avais douze mille livres de rente.

— Quelle heure était-il à peu près, quand vous avez trouvé cette montre ?

— Il était trois heures du matin.

— Pas plus ? s'exclama le commissaire devenu soudainement ironique.

— Mon Dieu non, dis-je ingénument.

— Eh bien, je vous fais mes compliments, railla mon interlocuteur ; vous me faites l'effet de mener une singulière existence.

Et, comme j'excipais de mon droit à user de la vie selon ma fantaisie :

— Possible ! reprit le commissaire ; seulement, moi, j'ai le droit de me demander ce que vous pouviez fiche, à trois heures du matin, au coin du boulevard Saint-Michel et de la rue Monsieur-le-Prince, vous qui *dites* habiter place Blanche ?

— Comment, je *dis* ?

— Oui, vous le dites.

— Si je le dis, c'est que cela est.

— C'est ce qu'il faudra établir. En attendant, faites-moi le plaisir de ne pas détourner la conversation et de répondre avec courtoisie aux questions que mes devoirs m'obligent à vous poser. Je vous demande ce que vous faisiez à une heure aussi avancée de la nuit, en un quartier qui n'est pas le vôtre ?

J'exposai, comme cela était vrai, que je revenais de chez ma maîtresse.

Il prit note et demanda :

— Qu'est-ce qu'elle fait, votre maîtresse ?

— C'est une femme mariée, répondis-je.

— A qui ? fit-il alors.

— A un pharmacien.

— Qui s'appelle ?

Pour le coup :

— Ça ne vous regarde pas ! ripostai-je impatienté.

— C'est à moi que vous parlez ? cria le commissaire.

— Je pense.

Le commissaire devint violet.

— Oh ! mais, mon garçon, cria-t-il, vous allez changer de langage. Vous le prenez sur un ton qui ne me revient pas.

Puis :

— Contrairement à votre figure... qui me revient, elle !

— Ah bah ?

— Oui... comme un souvenir.

Il y eut un instant de silence.

Enfin :

— Vous n'avez jamais eu de condamnations, Breloc ?

Ceci mit le comble à la mesure.

— Et vous ? demandai-je.

D'un bond, le commissaire fut debout.

— Vous êtes un goujat ! cria-t-il.

— Vous êtes un crétin ! répliquai-je.

Je dis, et, dans le même instant, jugeai ma dernière heure venue. Le commissaire s'était précipité sur moi, bavant, le sang à la face. Sous la broussaille de ses sourcils, je voyais flamber ses yeux de fauve.

— Vous dites ? bégaya-t-il ; vous dites ?

Je tentai de placer un mot, mais il ne m'en laissa pas le temps.

Il rugit :

— Et je dis, moi, que je vais vous envoyer au Dépôt, ça ne va pas traîner ! C'est l'heure du panier à salade, justement. Qui est-ce qui m'a bâti un polichinelle pareil ? Ah ! vous voulez faire de la rouspétance ! Ah ! vous voulez vous ficher de moi, et de la loi que je représente. Eh bien, vous êtes bien tombé !

Il scandait chacune de ses phrases à grands coups de poing abattus parmi les paperasses de sa table :

— Est-ce que je vous connais, moi ? Est-ce que je sais qui vous êtes ? Vous dites que vous vous appelez Breloc, je n'en sais rien ! Vous dites que vous habitez place Blanche, qu'est-ce qui me le prouve? Vous dites que vous avez douze mille livres de rente, est-ce que je suis forcé de vous croire? Faites-les donc voir un peu, vos douze mille livres de rente! Hein! vous seriez bien en peine de les montrer?

tout ça; je vais en avoir le cœur net.

Des agents, au bruit, étaient venus. Il leur cria :

— Fouillez cet homme!

L'homme c'était moi.

En une seconde, je fus tel qu'un petit

J'étais abasourdi.

— Tout cela n'est pas clair, conclut-il avec violence ; je dis, entendez-vous bien, que tout cela n'est rien moins que clair et que j'ignore si vous ne l'avez pas volée, moi, cette montre!

— Volée!

— Oui, volée! D'ailleurs, ce n'est pas

Saint-Jean, ma chemise tombée autour de mes pieds nus.

— Ah! vous voulez faire le malin, répétait le commissaire goguenard ; ah! vous voulez faire le malin! — Levez-lui donc les bras, vous autres : faites-lui donc écarter les jambes.

Au renouvelé de tant de misères, la

voix de Bréloc s'altérait. Mais comme je riais, moi, aux larmes, hochant la tête, satisfait, reconnaissant là tout entières ces deux vieilles ennemies acharnées des gens de bien, l'administration et la loi :

— Que j'en trouve encore une, de montre !... hurla en manière de morale mon infortuné camarade, cependant que son poing exaspéré et clos élevait une menace vers l'avenir.

UNE CANAILLE

I

Il y avait dix ans que nous nous tutoyions, quand nous avons cessé de nous voir, Laurianne et moi, nous dit notre ami Lavernié.

Je l'avais connu au Quartier, à l'époque où je faisais mon droit. Ce n'était pas un aigle, mais c'était un bon diable en sorte qu'il m'avait plu tout de suite et que je continuai à le voir une fois les études terminées. Laurianne m'aimait beaucoup aussi et c'était rare qu'il laissât s'écouler la semaine sans donner un coup de pied jusqu'au journal, en sortant de son ministère, comme dans la chanson du *Brésilien*. Il arrivait, prenait une chaise et dévorait silencieusement les journaux, s'interrompant de temps en temps pour jeter un coup d'œil furtif sur ma copie, ou pour compter des yeux la quantité de feuilles noircies alignées devant moi, côte à côte. Timide, de cette timidité puérile des gens qui se savent un peu bornés et se sentent dans un milieu qui n'est pas le leur, il était sage comme une demoiselle, parlait tout bas, comme dans une église, et reniflait pendant des heures, par crainte d'aitirer l'attention en se mouchant. Enfin, la pâture quotidienne achevée et le paraphe posé au bas de la dernière page, nous descendions au boulevard, prendre à une terrasse quelconque le vermouth de l'amitié.

Le plus souvent, ces jours-là, nous passions la soirée ensemble; Laurianne me prenait sous le bras et m'entraînait jusque chez lui, place du Théâtre, à Montmartre, où nous dînions en camarades, moi, Laurianne et la maîtresse de Laurianne. Mes enfants, une rude fille, cristi! Des carnations!... Un vrai Rubens! Je l'avais prise en amitié à cause de ses belles couleurs et aussi de son bon caractère; et, de fait, il était impossible de réaliser mieux que cette fille le type idéal de la femme d'ami. Pas de nerfs! Toujours de bonne humeur! Je n'ai jamais rencontré de camarade plus charmante et plus gaie. Nous jouions ensemble comme des gosses; je lui pinçais le gras des bras, ou les hanches, et elle m'envoyait des taloches que je lui rendais avec usure, tandis que Laurianne, la pipe à la bouche, criait:

— N'aie pas peur, Lavernié, vas-y; tape dessus; la bête est dure!

J'ai toujours aimé ces jeux de brute.

II

Un soir, comme, en sortant de table, j'avais emmené Laurianne prendre un bock dans une brasserie du boulevard Clichy, je ne sais quelle idée me prit de lui dire à brûle-pourpoint:

— Ah! c'est égal, Angèle est vraiment une belle fille!

Bon, ne voilà-t-il pas mon homme qui me regarde fixement et me demande si elle me plaisait?

Je lui dis:

— Elle me plaît sans me plaire. Je la trouve belle fille, voilà tout.

Il reprit:

— C'est que si, des fois, tu avais envie de coucher avec elle, il ne faudrait pas te gêner.

Ceci me cassa bras et jambes.

Je le regardai, à mon tour:

— Ah çà! lui dis-je, qu'est-ce qui te prend?

Et, comme il s'enfermait dans un drôle de rire, dans une goguenarderie édifiée qui affectait de se faire discrète:

— Oh! mais une minute! m'écriai-je; notre amitié est trop ancienne pour se pouvoir accommoder d'équivoques et de faux-fuyants. Si tu as une pensée de derrière la tête, tu vas lui donner la volée, ou je vais, moi, régler les bocks, prendre mon chapeau et cavaler. Comme tous les gens qui n'ont rien à cacher, je suis pour les maisons de verre. Explique-toi, et finissons-en.

A ces mots, tirant de sa pipe une bouffée de fumée qu'il lâcha avec une savante lenteur:

— Ces amoureux sont inouïs, fit Laurianne. Ils crient leur secret sur les toits, et ils s'étonnent que les couvreurs, ayant des oreilles, les entendent!...

Je demandai:

— Qui ça, amoureux?

— Toi!

— Moi?

— Oui.

— De qui?

— D'Angèle.

— D'Angèle?

— Parbleu!

Il ricanait.

— Tu me prends pour un aveugle? fit-il. Je ne m'aperçois pas de ton petit manège, sans doute? et je ne te vois pas, depuis longtemps, tourner autour de ses jupes? Allons, sois franc; en as-tu envie, oui ou non?

— Certainement, j'en ai envie, dis-je; et c'est le moindre hommage que je puisse rendre à la grâce de cette jolie fille. Mais de là à me livrer à des petits manèges et à tourner autour de ses jupes, il y a une nuance. N'insiste pas: tu me blesserais. Il n'est pas dans mes habitudes d'abuser de la confiance des personnes pour leur dérober leur argent, leurs montres et leurs bonnes amies.

— Eh, bon Dieu! qui te parle de cela?

fit Laurianne. Je te connais, peut-être ?
Je sais à qui je parle ? Je n'en suis pas
moins pour ce que je disais : ne te gêne
pas si le cœur t'en dit. D'abord, Angèle,
en voilà assez comme ça ; six mois de
liaison, merci bien ! je n'ai pas beaucoup l'habitude de m'éterniser dans le
collage. Quant à me fâcher, tu peux
être tranquille : celle qui me brouillera
avec un ami n'est pas à la
veille d'être fondue.

Je répondis à Laurianne
qu'il me faisait suer
avec ses bravades,
qu'il avait été dé-
coupé sur le patron du
commun des mortels

et que si je lui jouais le tour de le prendre au mot, il me le reprocherait toute
sa vie, en quoi il n'aurait pas tort ; mais
là-dessus il s'emballa, déclara que je
valais mon pesant de beurre salé avec mes
allures de César et mes airs de vouloir
assujettir le monde à mes petites manières

JE LUI PINÇAIS LE GRAS DES BRAS OU LES HANCHES...

de voir ; ajoutant que sa vie, après tout, n'était pas un reflet de la mienne et exaltant l'esprit d'indépendance dont les bonnes fées l'avaient gratifié au berceau.

Détaché, il lança au loin un jet de salive.

— Et puis tu as raison, fit-il ; restons-en là. Je ne discute pas avec les enfants.

— Pourquoi? dis-je. Je discute bien avec les imbéciles.

— Lavernié !

D'un coup de poing abattu au fer du guéridon et qui mit les soucoupes en joie, Laurianne me rappelait aux convenances.

Mais je lui coupai le fil du discours :

— Eh ! tu m'assommes, m'écriai-je, avec tes largeurs de vue ! Est-ce que tu me crois un gobe-mouche?

— Mon cher...

— Mon cher, finissons-en. J'ai horreur des phrases à effet et des gens qui battent la grosse caisse sur la peau d'âne des mots creux. Voilà une heure que tu sues sang et eau à essayer de m'intéresser : tu ne m'intéresses pas ; c'est bien simple. Tu veux me la faire : tu ne me la feras pas ; c'est bien simple. Fais ton profit de ces paroles, et rends grâce à mon affection, si elle a sa rude franchise, d'avoir aussi sa probité ! Touchant les femmes des autres, à chacun son avis ; pour moi, j'ai là-dessus des idées à ce point arrêtées et nettes que si jamais je pinçais un ami, fût-ce le plus ancien et le plus cher, à me chahuter ma maîtresse, je lui casserais les reins : tu m'entends?... et ceci sans l'ombre d'un scrupule.

— Ouat ! fit Laurianne.

Il haussait les épaules.

— Alors, tout de bon, demanda-t-il, tu te figures que je pourrais hésiter un moment entre un vieux camarade comme toi et Angèle, que j'ai ramassée je ne sais où et qui n'est jamais qu'une grue, pour en finir?

— Ne parles pas comme ça, lui dis-je ; Angèle est une excellente fille, qui s'est toujours bien conduite avec toi et qui a plus à se plaindre de toi que tu n'as à te plaindre d'elle. Ce que tu viens de dire est une lâcheté.

Il sentit qu'il avait lâché un mot de trop, car il rougit légèrement.

— Au surplus, conclut-il, c'est simple : si tu tiens à Angèle, prends-la ; laisse-la si tu n'en veux pas ; ça m'est bien égal, après tout. Je t'avertis que dimanche prochain je passe la journée à la campagne, ce qui fait qu'Angèle sera seule. A bon entendeur, salut ! Tu feras ce que tu voudras.

Et sur ce mot nous prîmes congé l'un de l'autre.

III

Ceci se passait un jeudi.

Le dimanche, — ce fut comme un fait exprès, — je m'éveillai plus tôt qu'à l'ordinaire, et tout de suite l'idée d'Angèle m'arriva. Car, il faut dire la vérité : Laurianne, en me demandant si elle me plaisait, ne m'avait pas posé une question si bête ; elle me plaisait certainement ; elle me plaisait même beaucoup. Vous comprenez, on a beau ne plus être un gamin et avoir passé l'âge où l'on tombe en extase devant les figures de cire des devantures des perruquiers, vous, moi, tous enfin, tant que nous sommes, nous n'en avons pas moins, comme dit le poète, le cochon qui nous dort dans l'âme et auquel il n'en faut pas lourd pour s'éveiller. Or, je ne sais rien de dangereux comme ces jeux de mains avec les femmes : ça vous fiche dedans, avant même qu'on ait eu le temps d'y penser, et c'est précisément ce qui m'était arrivé avec la femme de Laurianne : à force de lui lancer des calottes pour rire et de la bousculer dans les coins, j'avais fini, non, si vous voulez, par en devenir amoureux, mais tout au moins par la désirer violemment.

Naturellement, j'avais gardé cela pour moi ; mais depuis le jour de notre entrevue j'avais vécu dans un état d'hésitation et de perplexité extrême, tellement cet imbécile m'avait bouleversé les idées avec ses airs d'indifférence. C'est vrai, les histoires de lassitude rapide, les protestations de satiété et de désintéressement, tout cela avait été dit avec une telle apparence de sincérité que, ma foi, je m'y étais presque laissé prendre.

Je restai donc une grande demi-heure à me retourner d'un flanc sur l'autre en me demandant ce que j'allais faire, conservant toujours dans l'oreille l'écho de la phrase de Laurianne : « Je t'avertis que dimanche prochain je passe la journée à la campagne, ce qui fait qu'Angèle sera seule », équitablement partagé entre le désir de la femme et le désir non moins

avec la répugnance innée des petites saletés de l'espèce en question, d'autre part j'ai toujours pensé que l'homme ne pouvait rien tant regretter au monde que d'avoir

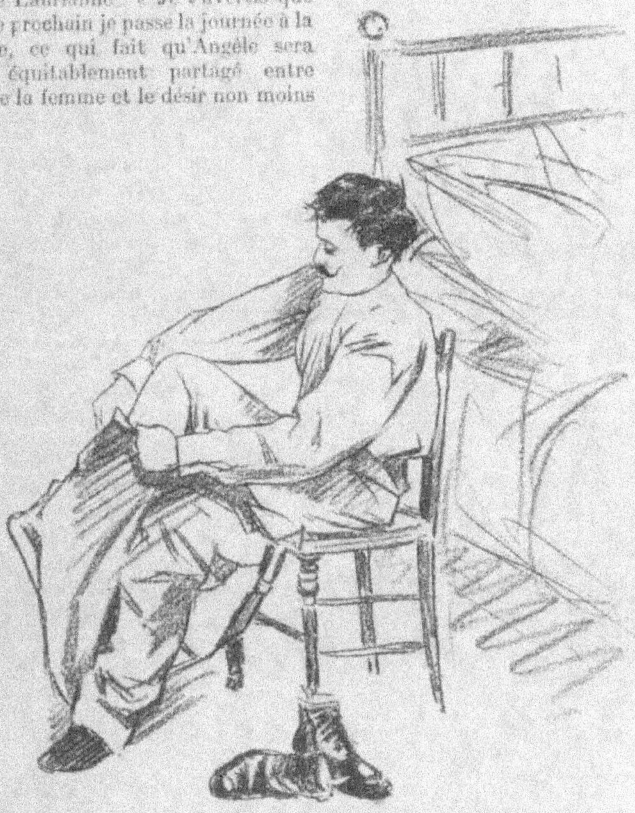

JE MIS MON PANTALON...

ardent de m'épargner une action dont, malgré tous mes raisonnements et mes tentatives de conciliation avec ma propre conscience, je sentais bien que je me repentirais plus tard.

Toujours la vieille histoire d'Hercule entre la vertu et la volupté.

Et, en somme, le cas était embarrassant : car, d'une part, si j'ai été créé

manqué par sa faute la femme qu'il convoitait et qu'il eût pu avoir.

Pour en finir, je me décidai brusquement. Je sautai à bas de mon lit, je mis mon pantalon et mes bottes et je filai d'une traite à Montmartre, priant le bon Dieu pour que Laurianne y fût et le diable pour qu'il n'y fût pas.

Ce fut le diable qui m'écouta.

Angèle vint m'ouvrir.

— Tiens, c'est toi !

(Parce qu'il faut vous dire que nous nous tutoyons.)

— Oui, dis-je tranquillement, c'est moi ; comme je passais dans le quartier, je suis monté vous dire bonjour.

— Tu es bien aimable, reprit-elle ; seulement, tu sais, Charles n'y est pas. Il est allé à la campagne et il ne reviendra que demain. Ça ne fait rien, entre tout de même.

J'entrai.

Elle était encore en tout matin, n'ayant sur elle qu'une méchante camisole et un jupon qui, à chaque pas qu'elle faisait, lui dessinait les jambes à travers la chemise. Moi, naturellement, j'avais pris une figure de circonstance, l'air désappointé du monsieur qui a raté une rencontre. Du reste, il m'arrivait une chose sur laquelle je n'avais pas compté : un embarras d'écolier de septième, que je ne m'étais jusqu'alors connu devant aucune femme et qui me prenait tout à coup devant cette bonne fille réjouie avec laquelle, depuis des mois, je m'étais si peu gêné de jouer avec des délicatesses de porc-épic.

Expliquez ça si vous pouvez, mais pour un rien je fusse rentré me coucher. Heureusement, l'idée que ma visite suivie d'une retraite précipitée serait rapportée à Laurianne et que je pourrais servir de cible aux moqueries de cet imbécile, me rendit mon énergie.

Brusquant les choses, je demandai à Angèle où elle comptait déjeuner.

— Ma foi, fit-elle, je n'en sais rien.

— Eh bien, habille-toi, lui dis-je ; je te paye à déjeuner au moulin de Sannois.

Elle sauta de joie ; je vis le moment où elle allait m'embrasser, puis elle tourna les talons et disparut comme un coup de vent.

Pendant un quart d'heure, vingt minutes, je l'entendis chanter en s'habillant, de l'autre côté de la cloison, et j'en conclus, ce que j'avais toujours pensé, que la pauvre fille, avec Laurianne, n'avait guère de distractions. Bref, à midi, nous étions dans le train, à une heure nous étions à table, et à deux heures la jeune Angèle, que j'avais confortablement grisée, bavardait comme une petite pie, en riant de tout sans savoir pourquoi.

Je jugeai donc le moment venu de proposer une excursion.

Elle accepta à l'instant même, se leva de table et, devenue sérieuse, vint remettre son chapeau devant la glace, après quoi elle prit mon bras.

Je connaissais aux environs un coin de

forêt fait à plaisir pour les mystérieuses
promenades des amoureux. Je l'y entraînai sournoisement ; elle, bonne fille, ne
voyait rien, marchait toujours, sans
défiance, incapable, d'ailleurs, de réunir
deux idées de suite. Ce fut seulement
quand elle vit autour d'elle l'ombre épaisse
de la forêt qu'elle parut se reconnaître.

Elle s'effara, eut un brusque mouvement de recul :

— Où donc nous mènes-tu? demanda-
t-elle?

Je répondis :

— Viens toujours. Tu ne crains pas
que je t'assassine?

Mais elle refusait d'avancer, mise en
garde, flairant l'on-ne-sait-quoi d'un nu-
méro pas inscrit au programme. Et tout
à coup, elle comprit.

Elle s'exclama : « Non ! non !...
oh non ! », la bouche dérobée, les
paupières tombées entre son regard qui prenait peur et le mien,
qui la renseignait.

Deux ou trois fois :

— Je ne veux pas ! Je ne veux
pas ! fit-elle. Je veux retourner!
Allons-nous-en.

Elle tenta de fuir. Mon bras
l'enferma à la taille, d'une ceinture
étroite et douce.

— Angèle !

Elle répéta :

— Laisse-moi ! Je ne veux pas,
je te dis ! Je ne veux pas !

Elle commençait à m'affoler.

De ma main, remontée à sa
nuque, je la forçais vers mon baiser tendu.

— Qui le saura?

— Laisse-moi !

— Je te veux...

Les mots n'étaient plus que des mur-
mures, irritant de frôlements nos deux
bouches. Soudain, elles se rencontrèrent.
Alors elle demeura sans force, fleur
épanouie et charmante que je n'eus que
la peine de cueillir... Un instant après,
mon Laurianne n'avait plus rien à souhaiter, ayant enfin triomphé en ses
extraordinaires ambitions.

J'appris alors d'Angèle elle-même qu'elle
m'aimait depuis longtemps déjà, ce qui me
surprit sans m'étonner outre mesure,
attendu que nous autres, gens de lettres,
nous avons toujours eu l'honneur d'arriver dans la considération des femmes
immédiatement après les cabotins.

Je vous prie de croire que la constatation de ce fait est exempte de toute
vanité.

IV

Nous passâmes une journée charmante
dans la solitude du tête-à-tête, ou, pour
mieux dire, du bouche à bouche, et nous

ne revînmes à Paris qu'assez tard. Nous avions pris le dernier train du soir, un train bourré de canotiers dont les hurlements furieux nous arrivaient par les glaces baissées, mêlés au roulement du wagon. J'avais fait le voyage sans mot dire, enfoncé dans mon coin, maussade, mécontent, malade de cette triste réaction des sens qui suit l'apaisement du désir. Pourtant, je ramenai Angèle jusqu'à sa porte, où je l'embrassai une dernière fois, et nous prîmes rendez-vous pour le lendemain.

Ce même lendemain, comme je flânais sur le boulevard, quelqu'un m'emprisonna les coudes par derrière et hurla de façon à ameuter la foule :

— Tiens, tu es donc sorti de prison ?

Et à cette fine plaisanterie, sentant d'une lieue son Laurianne, je n'eus pas besoin de me retourner pour répondre en toute assurance :

— Comment vas-tu, imbécile ?

Nous causâmes ; il avait passé son bras sous le mien, et nous marchions doucement, côte à côte ; Laurianne, retour de la campagne, était gai comme un pinson et il me narra en détails tous les plaisirs de sa journée.

Je répondis :

— Allons, tant mieux ; comme ça, nous ne nous serons ennuyés ni l'un ni l'autre.

Je n'avais pas sans un petit battement de cœur lâché cette déclaration ; mais Laurianne n'y vit que du feu.

— Ah ! fit-il curieusement, qu'est-ce que tu as fait ?

— J'ai fait, dis-je, ce que tu m'avais conseillé de faire.

— Moi ?

Il s'était arrêté net, et il attachait sur le mien un œil rond et stupéfait de poule qui a trouvé vingt sous.

— Je ne sais pas ce que tu veux me dire ! Je t'ai conseillé quelque chose ?

Je repris :

— Mais oui, mon vieux ! Tu sais bien, à propos d'Angèle ?

— D'Angèle ?

— Eh oui, parbleu, d'Angèle ! Voyons, rappelle-toi donc, jeudi, à la brasserie !... Fichtre ! tu as la mémoire courte !

Lui, cependant, cherchait toujours.

— D'Angèle ? d'Angèle ? Je veux être pendu...

Mais brusquement :

— Ah oui ! Eh bien ?

— Eh bien, déclarai-je, ça y est !

— Bâh ! fit-il tranquillement ; c'est vrai ?

— Parfaitement vrai, répondis-je. Comme tu m'y avais engagé, je suis allé chez toi hier, j'ai emmené Angèle à Sannois, je l'ai grisée comme une petite caille, et tout s'est passé le mieux du monde. C'est, maintenant, pour avoir l'honneur de te remercier.

Il m'avait écouté, très calme, un mince sourire au coin des lèvres.

Enfin d'un air malin :

— Tu la fais bien, dit-il.

Je m'étonnai :

— Quoi, je la fais bien ? Tu crois que c'est une blague ?

Il sourit.

— Par exemple, m'écriai-je, ceci est bien la chose du monde à laquelle je m'attendais le moins ! Ah ! c'est une blague ? Ah ! c'est une blague ? Et sur quoi te bases-tu, je te prie, pour croire que je te conte une blague ?

— D'abord, si c'était vrai, répondit Laurianne, tu ne viendrais pas me le dire ; et puis, mon vieux, le jour où Angèle me trompera, ce ne sera pas toi ; tu peux être tranquille.

— Pourquoi ? demandai-je.

Ingénuité !...

Je n'avais pas posé la question, que déjà j'en lisais couramment la réponse dans le regard de mon ami : un regard dont la goguenarderie assassine jaillissait, comme pressurée, du fond d'une prunelle toute petite. Le jovial coup de coude que Laurianne crut devoir m'envoyer dans le creux de l'estomac, souligné d'un discret : « Farceur ! tu ne t'es donc jamais regardé dans la glace ? » devenait un luxe inutile.

— Très bien ! dis-je ; voilà une pierre dans mon jardin que je suis ravi d'y rece-

JE LA FORÇAIS VERS MON BAISER.

voir : elle m'enlèverait mon dernier remords si j'en eusse conservé quelqu'un !
Rien de tel comme un coup de fer rouge
sur l'amour-propre des gens, pour cica-
triser leurs scrupules ! Décidément, tu
as pour moi toutes les prévenances. Donc,

voilà qui est bien compris : non seulement la maîtresse n'a pas été à moi, mais
encore elle n'est pas pour moi ?... O sort
funeste !... sort trois fois détestable !...
Je pourrais, de dépit, attenter à mes jours ;
mais j'aime mieux me faire une raison.
Adieu !

Là-dessus, comme il m'avait, ce garçon,
tutoyé de son coude l'estomac, d'une

claque amicale et légère je lui tutoyais
l'abdomen.

— Heureux coquin ! m'exclamai-je.

Il riait.

Nos deux dextres s'unirent en un
affectueux shake-hand, après quoi, voyant
venir trois heures, je m'en fus retrouver
Angèle qui m'attendait devant ma porte.

V

Pendant un mois les choses conti-
nuèrent de ce train. Deux, trois, quatre
fois la semaine, plus ou moins, Angèle
m'arrivait sans prévenir ; nous passions
la journée ensemble, après quoi je filais
au journal, où souvent je trouvais Laurianne m'attendant depuis un quart
d'heure en fumant des cigarettes dans la
salle de rédaction. Naturellement nous
rentrions dîner, puis nous achevions la
soirée dans une brasserie du quartier,
et tout cela, en somme, n'avait rien que
de très agréable.

C'était une liaison en règle, à l'ennui
près.

Malheureusement tout a une fin.

Un jour qu'Angèle était chez moi,
nous fûmes brusquement arrachés à la
douceur de l'intimité par un violent
coup de sonnette qui nous fit sauter
comme des carpes.

Angèle me souffla :

— Ne bouge pas !

Je répondis d'un simple mouvement
de tête ; et nous demeurâmes immobiles,
la bouche ouverte, dans l'attente d'un
nouvel appel.

Il y eut un instant de calme, puis,
de nouveau, un carillon effroyable ébranla
le silence profond de l'appartement, en
même qu'une voix criait de l'autre côté
de la porte :

— Ouvre, Lavernié, c'est moi !

— O mon Dieu, murmura Angèle,
c'est la voix de Charles !

— Oui, dis-je.

Et je sautai du lit.

Angèle, affolée, criait :

— Rodolphe, n'y va pas, je t'en prie !

Mais, comme bien vous pensez, je ne l'écoutai pas ; je ne fis qu'un bond jusqu'à la porte, et, en chemise, les pieds nus, la main sur la serrure :

— C'est toi, Laurianne? demandai-je.

— Oui, répondit Laurianne.

J'ouvris.

Laurianne entra comme une bombe, cramoisi, les yeux hors de la tête.

JE LUI LANCE UNE DOUBLE PAIRE...

— Angèle, hurla-t-il.

— Quoi, Angèle?

— Elle est ici ! Allons, ne mens pas, il est inutile de mentir. Je te dis qu'Angèle est ici !

— Certainement, elle est ici, fis-je. Qu'est-ce qui te dit le contraire?

Il reprit :

— Tu es son amant?

— Certainement, fis-je une seconde fois ; il y a un mois que nous couchons ensemble ; je ne crois pas te l'avoir caché.

Mais il n'entendit pas, ou du moins, il ne voulut pas entendre.

Les lèvres couleur de porcelaine :

— Canaille ! cria-t-il ; gredin ! drôle !

Je répliquai doucement :

— Pardon, s'il y a un drôle ici, c'est toi.

— Moi?

— Oui, toi. Et puis un peu de calme. Je ne veux pas de scandale chez moi ; je tiens à la considération des concierges et du voisinage, et les faiseurs de chiqué feront bien de se tenir sur leurs gardes ; je suis homme à les empoigner par la boucle du pantalon et à les envoyer méditer, dans la cage de l'escalier, sur l'inconvénient qu'il y a à jouer les épileptiques devant les gens de sens rassis. Là-dessus, causons. De quoi s'agit-il? Qu'est-ce qu'il y a?

— Il y a, déclara Laurianne, que tu es un mauvais ami ! Il y a que tu t'es joué de ma bonne foi, que tu as dupé ma confiance et que tu as odieusement abusé de mon hospitalité.

— En quoi faisant?

— En me dérobant ma maitresse.

Je me mis à rire.

— C'est toi qui me l'as donnée.

— Moi? Quand?

— Je précise : tu me l'as donnée le vingt-sept août dernier, à neuf heures quarante-cinq du soir, dans un café situé boulevard de Clichy au coin de la rue Fromentin.

Collé comme un timbre-quittance.

— Pas un mot de vrai ! cria Laurianne.

Ceci m'exaspéra :

— Comment ! pas un mot de vrai?... Eh bien, tu ne manques pas d'audace ! Alors non... — Pardon ! Tout à l'heure !... — tu ne me l'as pas, ta maitresse, fourrée de force entre les doigts, après avoir, pauvre petite ! sacrifié sa dignité de femme et l'intimité d'un passé que tu entachais de gaieté de cœur, à l'imbécile plaisir de te donner en spectacle et de jouer au casseur d'assiettes? Tu ne m'y as pas convié, peut-être, à en prendre à mon aise et à faire comme chez moi? Et « en voilà assez d'Angèle ! » et « Je n'ai pas beaucoup l'habitude de m'éterniser dans le collage, » et « Crois-tu que j'hésiterai jamais entre un camarade et une femme ! » Mirages? Illusions? Chimères? Tu n'as pas dit un mot de tout cela et c'est moi qui en ai menti?

Il m'écoutait, l'œil fou, les paupières battantes.

— Si j'ai, dit-il, tenu ce langage, c'est que j'ai eu, pour le tenir, des raisons dont j'étais le seul juge. Tu aurais dû le comprendre.

— Je ne l'ai pas compris.

— Tant pis ! Ça ne fait l'éloge ni de ta délicatesse ni de ta perspicacité.

Les nerfs commençaient à me faire mal.

Fixant Laurianne dans les yeux :

— Veux-tu, dis-je, ma façon de penser? Tu es un grotesque !

— Plaît-il?

— Tu es, répétai-je, un grotesque. Je te le crie en pleine figure afin que tu n'en ignores pas ; et c'est bien la moindre des choses qu'ayant péché par vantardise, tu expies par humiliation. Sur ce, l'incident est clos. Si c'est une affaire que tu cherches, je suis à ta disposition. Quant à ce qui est de rester plus longtemps en chemise, à t'écouter dire des niaiseries, c'est un four ! Le devoir m'appelle, comme on dit dans les opéras. Tu peux te retirer. Bonsoir.

Ce discours aurait dû le calmer?

Je t'en souhaite !... Qu'est-ce qu'il fait? Il m'appelle maquereau !...

Oh dame, alors, moi, je ne me connais plus ; je lui lance une double paire de gifles qui lui retourne successivement le nez du côté cour et du côté jardin, et je l'envoie, d'un va-te-laver, promener à l'étage au-dessous.

J'étais furieux.

Je rentrai et je dis à Angèle :

— Ma chère enfant, voici ce qui se passe : Laurianne, qui avait la chance imméritée d'avoir pour maîtresse une bonne fille, n'a rien trouvé de mieux à faire que de me pousser de force dans tes bras, en me demandant comme un service de te débarrasser de ta personne. Voilà. Tu roules des yeux comme des meules, je comprends ça, mais en fin de compte tel est le fait. Je lui ai, comme tu n'es pas

ELLE SE MONTRA TOUCHÉE.

sans le savoir, rendu le service qu'il sollicitait de ma complaisance, et je suis devenu ton amant, pour son plus grand bien, pour le mien, et pour le tien également, je l'espère. Aujourd'hui, averti — par qui? je n'en sais rien — d'un état de chose que je n'avais, d'ailleurs, pas pris le soin de lui dissimuler, Laurianne m'arrive comme un épileptique et me couvre de reproches et d'injures. Aux reproches, j'ai opposé autant d'objections dictées par la sagesse même, mais aux injures j'ai répondu par une magistrale calotte. Le résultat de ce petit vaudeville tout intime, c'est que Laurianne, inévitablement, va te flanquer à la porte. Or, comme je ne vois aucune raison pour te faire payer de ton pain et de ton lit les faveurs dont tu as bien voulu me gratifier, tu vas rentrer purement et simplement chez toi, tu y feras un paquet de tes frusques, tu viendras me reprendre pour dîner et nous nous mettrons ensemble ; ça durera ce que ça durera.

Elle se montra touchée de cette proposition, m'embrassa, les larmes aux yeux et s'en alla.

Je l'attendis une heure, puis deux, puis trois : elle ne rentra ni dîner ni coucher.

Le lendemain seulement, en me levant, je reçus une lettre d'elle, m'avisant que je n'eusse plus à compter sur ses visites, tout étant fini entre nous. Suivait le récit d'une scène grotesque s'il en fut, et qui terminait dignement l'épopée : Laurianne s'était traîné à genoux avec des sanglots et des cris, la suppliant de ne plus me voir, lui jurant son pardon et oubli, l'appelant son amour, sa joie, sa suprême consolation, et cætera, et cætera ; le tout entremêlé de promesses de mariage et de menaces de se jeter par la fenêtre.

C'était d'un bête à faire pleurer.

Je fourrai la lettre dans ma poche et pris bravement mon parti de mon veuvage prématuré, non sans vouer un fond de secrète reconnaissance à l'excellente créature qui m'avait procuré six semaines d'une liaison sans fatigue, agréablement couronnée d'une rupture sans tiraillement !

Quant à Laurianne, il ne m'a jamais pardonné, ce qui m'est suprêmement égal, et c'est depuis ce temps qu'il me traite de canaille, ce qui m'est plus égal encore.

HENRIETTE

A ÉTÉ INSULTÉE

I

Ce fut vers la fin de mars, que j'insultai Henriette, exposa simplement le peintre Fabrice, qui coupa court à toute espèce de préambule. J'ai gardé le souvenir précis de cette date, parce que je me vois encore, le jour où l'événement arriva, brossant fiévreusement les fonds de mon *Mécène*, avec deux mètres carrés de toile blanche devant moi et quarante-huit heures pour finir.

Cette Henriette était la femme d'un médecin qui m'avait, à force de soins, de dévouement et de talent, arraché à une mort probable, et dont je n'avais cru pouvoir mieux reconnaître les bons offices qu'en le faisant éperdument cocu : petite canaillerie dont je me trouvai au mieux, et qui, en somme, n'eut d'autre effet que de resserrer plus étroitement les liens d'extrême amitié qui nous unissaient l'un à l'autre, lui et moi.

Comment le roman s'était formé, c'est bien ce qui vous importe le moins. Ç'avait été, dans toute sa banalité, l'éternelle histoire amoureuse à laquelle, plus ou moins de fois, nous avons tous été mêlés. La femme était charmante et jeune ; je mourais d'envie de l'avoir, elle ne voulait pas, je voulais, un jour elle a bien voulu ; voilà toute l'affaire en un mot.

Et une rude affaire, vous savez !

Mes enfants, un morceau de roi ! un vrai amour de petite femme, grosse comme le poing et grasse à point ; des dents de louve, le nez retroussé d'une chiquenaude, les joues rebondies en feuilles de rose, et des yeux de jeune chat, ravissants, de ces yeux couleur de pervenche où la pupille se noie dans l'ombre de l'iris.

Notez qu'elle posait comme un ange!

comprenant le mouvement à donner
mieux que n'importe quel modèle de
profession et capable de garder la pose
trois quarts d'heure sans désemparer :
à cause de quoi elle m'était souvent très
précieuse. Vous comprenez, n'est-ce pas,

ELLE PRIT SON CHAPEAU...

comme c'était chic pour moi d'avoir toujours un modèle de nu sous la main, et un
modèle exceptionnel, je le répète, exceptionnel d'intelligence, de patience et de
bonne volonté... sans parler des hanches
et des cuisses, qui étaient pures comme
l'antique. Nom d'un chien, quelle charmante maîtresse ! Je veux être pendu
si je n'ai pas fait mon deuil de jamais

retrouver sa pareille, le jour où son gêneur
de mari imagina de décamper et de s'en
aller planter la tente conjugale dans je
ne sais quel trou de province !

Henriette avait un défaut, par exemple,
oh ! mais là, un sale défaut : une susceptibilité outrée, puérile, toujours en éveil
— le point d'honneur ridiculement cha-
touilleux des femmes qui n'ont failli qu'une
fois, et qui ont gardé dans la faute la foi
en leur honnêteté.

Dieu sait si quelqu'un, plus que moi,
croyait à l'honnêteté d'Henriette !

N'importe ; il paraît que je passais ma
vie à lui donner toutes les preuves du
contraire, à l'abreuver d'humiliations,
à la blesser au plus sensible de sa fierté,
par de petites attaques sournoises, pleines
de sous-entendus perfides et d'allusions
malicieuses, si bien que, pour un mot,
pour un geste, pour un rien, crac, mon
Henriette changeait de couleur, pinçait
les lèvres, ricanait, et commençait de
mâchonner entre ses dents des tas de
meâ culpâ ironiques et amers.

C'était tellement imbécile que je ne
prenais même pas la peine de me justifier,
je haussais les épaules et j'attendais que
ça passe.

II

Un jour que nous étions tout seuls à
l'atelier, moi terminant ma grande ma-
chine du Salon avec l'inquiétude énervée
de l'homme qui compte les minutes, elle
travaillant derrière moi à je ne sais quel
ouvrage de femme, il arriva qu'elle me
posa une question à laquelle je fis une
réponse.

Qu'entendit-elle, que comprit-elle ? je
n'en sais rien, mais toujours est-il qu'elle
se leva, et de cet air de grande dame outra-
gée qu'elle affectait dans les circonstances
solennelles ;

— Très bien, dit-elle, tu m'insultes,
maintenant !

C'était là un genre de surprise auquel
j'étais habitué.

J'avoue cependant que, cette fois, je

ELLE TRAVAILLANT DERRIÈRE MOI...

me sentis monter au front une sueur d'ahurissement.

Je me retournai sur ma chaise, ma pipe dans ma main, ma palette dans l'autre.

Henriette, debout, blanche comme un linge, enroulait précipitamment entre ses doigts une longue bande d'un tricotage bleu, dont on voyait dépasser à chaque bout la pointe effilée d'une aiguille de buis.

Elle enfouit le tout dans sa poche, prit son chapeau et vint s'en coiffer devant la glace.

Alors seulement la parole me revint.

Je hurlai :

— Je t'ai insultée ?

Elle ne daigna pas me répondre, les dents serrées sur l'épingle de son chapeau.

Fiévreuse, rageuse, les bras en l'air, elle se noua derrière la nuque les bouts flottants de sa voilette, après quoi elle fit volte-face et se dirigea vers la porte.

Moi, je sautai sur la serrure que je fermai à double tour.

— C'est trop fort ! Tu ne sortiras pas !

— Donne-moi la clef, dit Henriette.

Je dis : « Non ! » et je lui tournai le dos ; mais Henriette, simplement, reprit :

— Je te dis de me donner la clef.

Je la regardai.

Dure, froide, hautaine, elle tendait sa main gantée, dans la simple et calme assurance de son inexorable entêtement.

Je me sentis faiblir, j'hésitai, je tourmentai, au fond de ma poche, la clef que je venais prudemment d'y enfouir, quand, tout à coup, lasse d'attendre, Henriette courut à la fenêtre et l'ouvrit :

— Donne-moi la clef, ou je crie !

Je refoulai le flot de sang qui commençait à me monter aux yeux, et, avec une extrême douceur :

— Henriette, lui dis-je, au nom de ta mère, au nom de ton fils, au nom de ton

Dieu, au nom de tout ce que tu as au monde de plus cher et de plus sacré, je te supplie de m'écouter cinq minutes, tu m'entends bien, cinq minutes ! pas

une de plus, pas une de moins. Si, au bout de ce temps, je ne t'ai pas convaincue, eh bien je te rendrai la clef, et tu feras ce que tu voudras.

Henriette trépigna d'agacement.

Elle eut un lent haussement d'épaules, leva les yeux au plafond comme pour en appeler à lui de son angélique patience, et, finalement se laissa tomber dans l'angle du canapé-sofa qui bordait le fond de l'atelier.

Là, elle se croisa les bras, se jeta une jambe par-dessus l'autre, et parut prête à m'écouter. Je m'assis auprès d'elle et lui parlai comme suit :

— En vérité, Henriette, il y a des moments où je me demande si tu es folle,

» T'insulter? A propos de quoi? et pour quoi faire,

» Est-ce que j'ai l'ombre d'un reproche à t'adresser, moi?

» Est-ce que tu m'as fait quelque chose, hormis de te prodiguer à moi avec

ou si c'est moi qui n'y suis plus. A chaque instant, pour un oui, pour un non, te voilà partie, emballée, montée comme une soupe au lait ; tu comprends que ce n'est pas sérieux et qu'il faut que nous en finissions avec cette petite plaisanterie.

» Pour qui me prends-tu, à la fin, avec tes histoires d'insultes, et quel homme crois-tu donc que je sois?

toute l'abnégation et tout le désintéressement dont tu es capable?

» Mais c'est à crever de rire, ma parole d'honneur !

» Ma chère amie, pars donc bien de ce principe que je ne suis ni assez enfant, pour m'aller amuser à de niaises taquineries, ni assez bête pour t'aller attaquer froidement au plus sensible d'une susceptibilité déjà ombrageuse par elle-même. J'ai au contraire la prétention de t'avoir, en tout et partout, traitée pour ce que tu es : c'est-à-dire pour une bonne et honnête petite femme, digne, non seulement de l'affection, mais aussi de l'estime profonde et des égards d'un honnête homme.

» Non, mais qu'est-ce que tu veux ? c'est une monomanie ; tu es poursuivie de l'idée que je te considère comme la dernière des filles parce que tu as un amant et que cet amant, c'est moi.

» Cette ridicule comédie, que tu nous fais jouer aujourd'hui, ce n'est pas une fois déjà que nous l'avons jouée, mais c'est dix fois ! mais c'est vingt fois ! mais c'est cent fois ! Quelque chose que je fasse ou que je dise, tu l'interprètes non seulement à faux, mais à mal ; il semble que tu n'aies pas au monde un ennemi plus acharné et plus féroce que le pauvre diable auquel tu as bien voulu faire l'immense joie et l'immense honneur de te donner : c'est désespérant, tu admettras !

» Voyons, Henriette, sois raisonnable ! Tâche d'ouvrir un peu les yeux, de voir les choses pour ce qu'elles sont, et de ne plus m'insulter moi-même, à tout bout de champ, par des accusations telles, que, si elles étaient justifiées au centième, elles suffiraient déjà à faire de moi un imbécile ou un méchant homme.

Henriette n'avait point bougé.

Elle demeura impassible, l'œil fixé sur une fêlure du plafond, dans l'attitude parfaitement désintéressée d'une personne qui se trouve mêlée à la conversation de deux tiers et qui affecte de s'en tenir à l'écart.

Je repris :

— Je viens de m'adresser à la femme de cœur, je vais maintenant parler à la femme d'esprit ; j'espère que je serai plus heureux.

» Ma chère Henriette, comme j'ai eu l'honneur de te le dire, nous n'en sommes malheureusement pas au coup d'essai.

» Dieu seul pourrait dire combien de fois j'ai dû lâcher mon appui-main et ma palette pour me lancer à ta poursuite, à travers l'escalier de cette même maison que tu menaces encore de quitter aujourd'hui — pourquoi ? on n'en sait rien !

» Les premiers temps, c'était tout plaisir, je te rattrapais à l'étage au-dessous et te ramenais à l'atelier avec les honneurs de la guerre.

» Puis, je me suis borné à te guetter par la fenêtre et à attendre, pour te rejoindre, que tu aies tourné le coin de la rue ; puis, j'ai attendu au lendemain pour m'aller mettre sur ta route ; puis, je ne t'ai plus rejointe ni attendue du tout, te rappelant simplement d'une lettre — au reçu de laquelle tu te hâtais d'accourir, d'ailleurs. Car tu n'es ni rancunière ni méchante, tu as les nerfs bêtes, voilà tout.

» Mais enfin le moment est venu où je ne t'ai même plus écrit, où je t'ai laissée à ton malheureux sort et à tes tardives réflexions ; on se lasse à la fin, tu comprends ; et alors, ma chère Henriette, il a bien fallu que tu reviennes, que tu reviennes de toi-même, sous le premier prétexte imbécile venu, une voilette ou un mouchoir oublié, sachant bien qu'une fois là, je ne te laisserais plus repartir.

» Eh bien, ma chère amie, prends-garde ; cette fois-ci tu n'oublies rien ni un mouchoir, ni une épingle, ni une allumette, ni une feuille de papier.

» Or, tu ne serais pas femme si tu poussais la bonne foi jusqu'à me revenir purement et simplement parce que ton cœur te l'aurait commandé et que tu te serais dit cette chose, si profondément vraie pourtant, que je serais encore trop heureux de te revoir et de te ravoir. Non, il te faudra ton entrée, ta petite entrée à sensation, et cette petite entrée, tu ne la trouveras pas, parce que, je te le répète, tu n'oublies ni une allumette ni une épingle. D'où je conclus que tu te fermes irrévocablement la porte de cet atelier, si, en dépit de ces justes représentations, tu te détermines à la franchir.

» Henriette, mon enfant chérie, ma chère mignonne, je te jure que tu t'es trompée, que les oreilles t'ont corné, que je t'ai dit la chose la plus simple et la moins offensante du monde ; et, au surplus, si ces serments ne te suffisent pas, Henriette, je te demande pardon, je te demande pardon à genoux — non de ce que j'ai dit, puisque je n'ai rien dit, — mais de ce que tu as entendu.

J'AVALAI COUP SUR COUP...

Et je me tus, attendant l'effet de ma petite improvisation.

— Tu as fini? dit Henriette, tu es content? je t'ai laissé parler? Eh bien! donne-moi la clef, maintenant.

Moi, là-dessus, la colère me prit, une de ces colères d'homme gros, qui prennent à la gorge et aux yeux, vous aveuglent et vous étranglent.

Je poussai la clef entre les doigts d'Henriette.

— Va-t'en! sors d'ici! Fous-moi le camp!

Henriette se redressa, abasourdie, épouvantée.

Je la suivis jusqu'à la porte, que je lui jetai bruyamment dans le dos, puis je me livrai, à travers l'escalier, à une promenade de lion en cage, suant, suffoquant, crachant ma rage:

— Ah! nom de Dieu! Ah! nom de Dieu! Ah! la sale bête! la sale bête!

J'en eus pour dix minutes à digérer mon exaspération.

Enfin j'avalai coup sur coup deux ou trois petits verres de cognac, qui me rendirent un peu de sang-froid, et je pus me remettre au travail.

III

Quatre jours entiers s'écoulèrent sans que j'entendisse parler d'Henriette.

Mon *Mécène*, complètement achevé, attendait maintenant la décision de ses juges, le nez tourné aux murailles du Salon; mais la fatigue des dernières séances m'avait tellement dégoûté de cette grande bête de toile sur laquelle, depuis près de six mois, je trimais et suais sang et eau, que je me trouvais payé de mes peines par la seule satisfaction d'être enfin dépoisonné d'elle.

A l'activité fiévreuse de la veille avait brusquement succédé un abattement général de tout l'être, une espèce d'avachissement intellectuel qui me tenait, des heures entières, cloué aux coussins du sofa, sans un mouvement, sans une pensée, sans un rêve, ayant gardé juste assez d'énergie pour débourrer ma pipe et la rebourrer ensuite.

Dire qu'Henriette ne me manquait pas, si! Elle me manquait certainement, plus même que je ne l'aurais cru; mais, outre que je sentais, pour elle, l'impérieuse

VA-T-EN! SORS D'ICI!

nécessité d'une bonne leçon, j'avoue que je prenais le plus vif intérêt à connaître par quel prodige, prise qu'elle était entre l'envie de revenir et le manque complet, absolu, de tout prétexte à rentrée, elle se tirerait de ce mauvais pas.

Et je me creusais la tête pensant :

— Que diable va-t-elle inventer ? Qu'est-ce qu'elle rêve ? Qu'est-ce qu'elle mijote ? Ah ! tête d'oiseau, sotte, dinde, te voilà contente maintenant, avec ta stupide dignité ! Rage donc, ma fille, rage donc !

Une fois que je jetai un coup d'œil par la fenêtre je l'aperçus passant sur le trottoir en face, marchant fièrement, très vite, sans lever les yeux, et je me sentis envahi d'une telle commisération, que je dus me retenir à toute ma volonté pour ne pas lui courir sus, la rattraper par un bras et lui dire :

— Allons, c'est bon, tu as été assez malheureuse comme ça. Reviens et n'en parlons plus !

Je me contins, cependant, je tins bon et j'attendis paisiblement les événements, m'abstenant même de sortir, sachant bien que je n'eusse pas fait dix pas sans me jeter dans elle au détour d'une rue.

Le matin du cinquième jour, comme, un peu remis en humeur de travail, je posais sur une toile blanche une première indication à la craie, la porte s'ouvrit brusquement.

Je regardai.

C'était Henriette.

Elle entra comme un coup de vent, traversa tout l'atelier sans me jeter un regard ni un mot, prit une chaise, grimpa dessus, et, d'une panoplie qui décorait le mur, elle détacha... un yatagan !

Je jetai un cri d'admiration ! Elle avait trouvé son entrée !

Ce n'avait pas été sans peine, mais enfin elle l'avait trouvée.

Ma première idée, je l'avoue, fut de la lui faire manquer en la laissant purement et simplement agir ; mais je réfléchis qu'aussi bien ce pouvait être malin, Henriette étant capable de se lancer dans le cœur tous les yatagans de la création

plutôt que d'en avoir le démenti. Un mien ami proférait un jour devant moi cet axiome d'une haute portée philosophique « Ne défions jamais les femmes ni les fous ! »

paroles dont je crus prudent de ne point mettre la profondeur à l'épreuve. Je sautai donc sur l'arme que j'empoignai par le fourreau.

— Allons, voyons, ne fais pas la bête.

— Laisse-moi tranquille, s'exclama Henriette, laisse-moi tranquille, je veux mourir ! j'en ai assez de cette existence-là ! je te dis que je veux mourir, laisse-moi tranquille !

Elle était toujours sur sa chaise, cramponnée des deux mains à la poignée de l'arme. Nous tirions chacun par un bout ; le yatagan, rouillé dans sa gaine, résistait. Brusquement il céda.

Tiraillée du haut en bas, la lame jaillit hors du fourreau, et Henriette, prise à l'improviste, s'envoya en plein nez le plus joli coup de poing qui se soit jamais abattu dans la figure d'une entêtée.

Ce fut toute une inondation, de sang d'abord, de larmes ensuite !

Passée du tragique au grotesque, désespérée, inconsolable, Henriette suffoquait au-dessus de la cuvette, avec de gros hoquets de désespoir, qui secouaient sa pauvre petite taille comme un prunier sous une bourrasque. Elle sanglotait :

— Je me tuerai, va ! je me tuerai ! je me suis manquée cette fois-ci, mais une autre fois tu verras !

— Mais oui, répondis-je, mais oui, c'est une affaire entendue, tu te tueras... ; mouche donc ton nez

. . . .

A cinq ou six jours de là, comme la paix était ratifiée, je me hasardai à demander à Henriette :

— Enfin, dis-moi donc un petit peu ce que tu avais entendu, l'autre jour ?

— Ah ! fit Henriette, qui devint grave, ne reviens jamais là-dessus !

Je dis :

— Ah ! très bien, très bien.

Et je jugeai intelligent de ne pas insister davantage.

IV

Cette leçon — où se sent pourtant à pleines narines la main vengeresse d'un Dieu las et exaspéré — eût dû, ce semble, porter ses fruits ?

Il n'en fut rien.

Aussi bien, s'il en eût été autrement, Henriette n'eût plus été Henriette, et ce récit n'eût plus eu de raison d'être.

Donc, une quinzaine ne s'était pas écoulée, que déjà une nouvelle scène surgissait.

J'avais couché chez Henriette, comme cela m'arrivait à chaque absence du mari, que ses affaires appelaient quelquefois en province.

Dans ces cas-là, Henriette, qui avait ses fenêtres sur la rue, disposait sur sa cheminée un jeu de lampes convenu à l'avance entre nous, et qui, de la petite brasserie où je prenais mon café le soir, me mettait à même de me dire :

— Le mari y est ou n'y est pas, la voie est ouverte ou fermée.

Et selon qu'elle était soit fermée soit ouverte, je montais chez Henriette ou je rentrais chez moi.

C'était, ensemble, sûr et commode.

Pour en revenir à ce que je disais j'avais couché chez Henriette, et, n'ayant rien de mieux à faire, je tirais ma flemme au dodo, tandis qu'elle-même, déjà levée et habillée, se préparait à aller faire son marché.

Elle avait renversé sa bourse sur le marbre de la cheminée, et mentalement, comptait sa dépense de la veille, faisait, du doigt, de petites séparations, alignait ses louis à droite, ses sous à gauche, avec une gravité lente et silencieuse de hanneton qui compte ses écus.

Moi, accoudé sur l'oreiller, je la regardais faire, sans rien dire, amusé de sa conviction, de sa mine sérieuse et profonde de petite femme bien ordonnée à laquelle on ne passe pas des limandes pour des soles et qui sait à quoi s'en tenir sur l'exacte valeur des pièces du Chili.

Elle dut sentir sur elle la pression de mon regard, car au bout d'un instant elle se tourna vers moi.

Je souris et lui dis gaiement :

— Hé ! hé ! Henriette ; la monnaie !

Elle ouvrait la bouche pour répondre, mais elle la referma aussitôt, fixant sur moi cet œil inquiet dont le bleu, comme celui de la mer, s'assombrissait ou s'éclairait à volonté, parcourait des gammes entières selon que les périodes d'accalmie succédaient aux périodes d'orage.

— Qu'est-ce que tu veux dire par là ? fit-elle enfin.

Immédiatement, je vis ce qui me pendait au nez.

— Ah ! ma fille, lui dis-je, c'est bien simple ! J'ai dit : « Eh ! eh ! Henriette ; la monnaie ! » et si seulement un seul

instant j'ai songé à dire autre chose que
« Eh ! eh ! Henriette ; la monnaie ! »
je veux être changé à ton choix, en pain
de sucre, en bonnet grec ou en panier à
salade ! Car enfin, c'est une chose inouïe
et lamentable que j'en sois venu à n'oser
plus dire une parole, dans la crainte de
me buter une fois de plus à tes sempiternels
soupçons et à tes défiances imbéciles !
Je finirai par ne plus desserrer les lèvres
et par te laisser causer seule !

Elle ricana :

— C'est que je te connais, mon cher ; il
n'est pire sournois que toi au monde.

C'était elle, maintenant, qui souriait,
d'un de ces sourires qui en disent long,
et dont des millions et des milliards de
gilles ne payeraient pas l'insolence froide,
l'exaspérante provocation.

Je répétai :

— Tu me connais?… tu me connais?…
Il serait préférable que tu te connusses
toi-même : tu te corrigerais peut-être. Ah !
et puis, tiens, tu me fais suer !

Je m'étais retourné sur moi-même,
réfugié dans la ruelle du lit, en homme
qui ne veut plus rien savoir.

Henriette, tranquillement, reprit :

— Oh ! je ne me fais pas d'illusion ;
je sais de quelle estime tu m'honores ; je
n'ai jamais été pour toi beaucoup plus
que ta cuisinière ou ta concierge ! Du
reste, vous êtes tous les mêmes ! Mauvais
barbouilleurs de quatre sous ! Ça ne tient
pas plutôt un crayon dans les doigts,
que ça se croit sorti de la cuisse d'un dieu,
en droit de se moquer des femmes qui
ont été assez naïves pour croire en eux et
donner dans leurs singeries ! Il n'y en a
pas un entre tous qui mériterait d'avoir
une maîtresse un peu propre !

Je haussai les épaules sous le drap.

— Il est vrai ! continua cette douce
entêtée d'un ton narquois et plaintif à la
fois, je ne suis pas une artiste moi ; je
suis une petite bourgeoise, une épicière,
qui n'entend rien aux belles choses,
mais qui sait qu'un sou est un sou et qui
tient à sa *monnaie*, comme tu daignes
si bien le lui faire sentir, parce qu'elle en
connaît la valeur. La monnaie ! Ah !

vraiment oui, c'est bien spirituel de ta
part ! Il serait à souhaiter, mon cher,
que tes parents t'eussent élevé comme
m'ont élevé les miens, dans le respect de
l'ordre et de l'économie : tu n'en serais
sans doute pas où tu en es, à battre encore,
à trente-huit ans, une ridicule et malpropre bohème ! Mais non, monsieur fait
le grand seigneur ; monsieur est au-dessus
de ces petits détails ; monsieur plaisante
les gens de bon sens ; monsieur aime
mieux dépenser — je le lui ai vu faire
cent fois, j'en étais écœurée, malade ! —
des vingt et trente sous par soirée !
Et à quoi faire, je vous le demande?
A s'emplir le ventre de bière, comme un
maçon ! à régaler de grands fainéants bons
à rien, qui se gobergent à son compte et se
moquent de lui le dos tourné !

Du coup, la patience m'échappa.

Je fis dans le lit un tel bond, que je
m'y trouvai tout assis.

— Ah çà, Henriette, est-ce que tu vas
me ficher la paix? De quoi te mêles-tu,
à la fin, avec les vingt et trente sous que
je dépense ! Non, mais c'est insensé, c'est
inimaginable : cet argent serait aussi bien
le tien que tu ne crierais pas plus haut !
Et tu parles de tes parents ! Ah bien, je te
le conseille, en effet ! De jolies moules, tes
parents !

— Des moules ! des moules !

— Oui, des moules ! qui ont fait de toi,
née bonne, intelligente et fine, un être
impossible, hargneux, insociable d'into-
lérance, froid comme un clou, sec comme
une trique, banale comme une devanture
de perruquier et avare comme un clo-
porte de sacristie !

— Avare, criait Henriette, avare !

Que j'en pensasse seulement un mot,
mon Dieu ! non ! je cédais, en parlant
ainsi, à ce besoin impérieux de mauvaise
foi qui est acquis à tout cœur ulcéré, de
par son droit de légitimes représailles.

Henriette, d'ailleurs, marronnait sérieu-
sement ; ce dont je concevais une joie
sans mélange, bien qu'elle s'efforçât
de n'en rien laisser voir, et poussât de
grands éclats de rire :

— Avare, répétait-elle, avare ! parce

que je suis économe et que, bêtement, stupidement, je ne jette pas l'argent par les fenêtres? Ah! c'est trop drôle, c'est trop drôle!

Et brusquement, avec cette logique admirable, ce sens spécial, extraordinaire, de l'absurde et de l'imprévu, que savent apporter les femmes en toute chose, elle bondit sur son argent, prit au hasard un louis dans le tas, et le lança de toutes ses forces par la croisée, accompagnant sa disparition de cette exclamation triomphale :

— C'est comme ça que je suis avare !

J'ajoute que dans l'instant même, les nerfs se détendant comme par enchantement, l'instinct de la ménagère reprit le dessus ; je bâillais encore d'épatement qu'Henriette, déjà, avait ouvert la porte et s'était jetée dans l'escalier, à la poursuite de sa pièce.

Elles durent arriver ensemble dans la rue

Et alors je demeurai seul, riant comme un imbécile, mais riant à en être malade, à en être secoué comme une feuille au vent, pensant : « Dire que ce sera comme ça toute la vie ! » me représentant Henriette, immobile dans la rue, en t

QU'EST-CE QUE CELA ME FAIT, À MOI...

d'inspecter le trottoir au milieu d'un cercle de badauds !

Je ne ravalai cet accès de gaieté — et Dieu sait la force de caractère que j'y dus mettre — qu'en entendant Henriette rentrer. Du reste, à la seule façon dont elle repoussa la porte, je fus fixé sur le résultat de ses recherches.

Je demandai :

— Eh bien, Henriette, as-tu retrouvé ton argent?

Elle leva les épaules et se tut.

Je repris :

— Tu vois, mon pauvre chat ; c'est le

bon Dieu qui te punit. Vingt francs de fichus pour avoir eu le plaisir de faire la mauvaise tête !

Mais elle :

— Vingt francs de fichus ! vingt francs de fichus ! Eh ! qu'est-ce que ça me fait, à moi, vingt francs de fichus ! Crois-tu que je sois à vingt francs près ? Tiens, voilà comment je les pleure, mes vingt francs !

Et, là-dessus, pour me bien prouver que la perte de ses vingt francs la laissait froide et sans dépit, elle empoigna un second louis et l'envoya rejoindre le premier.

L'ESCALIER

I

Mon oncle était une vieille bête, m'expliqua ce fou de Rateuil, une vieille bête, mais un brave homme ; ma tante, elle, une vieille rosse, mais elle était bougrement rigolo.

Ils habitaient Puy-l'Évêque, un trou lugubre, en Vendômois.

À l'extrémité de la ville, à deux pas des anciens remparts, ils occupaient une maison à deux étages, qu'emplissait du matin au soir le bruit de leurs incessantes querelles. Cette maison, mon oncle la tenait de son père ; celui-ci la tenait du sien, lequel la tenait, à son tour, de l'arrière-grand-père de mon oncle, et comme ça à l'infini.

Depuis des temps immémoriaux, une génération la repassait à l'autre, de même qu'au baccara-chemin-de-fer on se repasse le paquet de cartes. Successivement chacun des propriétaires l'avait remise au goût du jour en en rajeunissant la toiture ou le pied, mais toujours elle était restée une jambe en l'air, avec une moitié d'elle-même en retard sur l'autre moitié, d'un demi-siècle, présentant ainsi un aspect singulièrement équivoque, quelque chose comme un personnage qu'aurait revêtu, par en bas, la courte culotte à canon du grand siècle, et, par en haut, le clair mastic d'un rasepet contemporain.

Entre les quatre murs de cette maison de Janot, l'oncle et la tante vivaient en chien et chat, animés l'un contre l'autre d'une antipathie instinctive qu'avaient lentement aiguisée trente-cinq années de tête-à-tête, le vide d'une existence provinciale formidablement imbécile et dénuée de but. Il suffisait à l'un d'exprimer une façon de penser, pour que l'autre, précipitamment, affichât une manière de voir diamétralement opposée. Pourquoi? on ne sait pas! pour rien, pour le plaisir, comme Caussade tua Latournelle. Et ainsi, de parti-pris, ils s'exaspéraient mutuellement : elle, agressive, âpre, hargneuse ; lui, goguenard, dédaigneux, fort pour les haussements d'épaules et les silences insultant?

Il faut te dire que si la maison de mon oncle péchait un peu par les dehors, en revanche elle laissait très fort à désirer au point de vue de la commodité ; bien faite, d'ailleurs, par la surprenante niaiserie, l'étrangeté imprévue de sa disposition, pour les deux ganaches impayables qu'elle avait chargé d'abriter. C'est ainsi que la chambre à coucher, située au second étage, communiquait avec la salle à manger, située à l'étage inférieur et exactement au-dessous, par un absurde corridor, large à peu près comme une brouette et long comme un jour sans pain, que continuait un non moins absurde escalier, plus noir et tortueux cent fois que l'âme d'un prêteur à la petite semaine : un coup à se casser les reins, gentiment, et neuf fois sur dix.

Il en résulta que ma tante parla un jour de la nécessité qui s'imposait de

ELLE FIT VENIR LE MENUISIER...

remédier à cet état de choses, en reliant d'un escalier en pas de vis les deux pièces superposées.

Mon oncle demeura frappé de l'ampleur de cette conception. Aussi se fit-il un devoir de proclamer le projet inepte, circonstance qui détermina ma tante à le mettre séance tenante à exécution. Dispensatrice des fonds communs, elle fit venir le menuisier et l'entrepreneur de bâtisses, lesquels, flanqués de leurs aides, expédièrent l'ouvrage en huit jours. L'oncle les avait regardés faire, sifflotant et fumant sa pipe. Ces messieurs en allés, il dit :

— A cette heure, tu es satisfaite, et voilà de belle besogne. Admirable escalier, vraiment ! et élégant ! et décoratif ! et commode ! — Je n'y passerai pas, au reste.

Ma tante ne s'attendait pas à celle-là.

Elle blêmit.

— Tu ne passeras pas par cet escalier ? demanda-t-elle.

— Jamais de la vie ! dit mon oncle.

— Et pourquoi n'y passeras-tu pas ? demande encore ma tante.

— Parce que, répondit mon oncle, il ne me sied point d'y passer.

Il ricanait, content de lui. Ma tante, abasourdie, se taisait. Violemment, elle conclut :

— C'est trop fort, par exemple ! Mais je te jure bien que tu y passeras.

— Et moi, dit l'autre, avec une calme assurance, je te jure que je n'y passerai pas.

La discussion en resta là. Mon oncle, trois jours triompha ; seulement, le dimanche matin, quand il vint solliciter de ma tante les soixante et quinze centimes dont elle le gratifiait hebdomadairement en vue de ses menus plaisirs, celle-ci déclara comme ça qu'il n'y avait plus de monnaie pour les imbéciles obstinés.

Une rosserie, quoi. L'oncle eût cogné !... Il se contint pourtant, il fit bonne figure, jusqu'à siffler entre ses dents un petit *allegro* joyeux. Même, ainsi qu'il avait coutume chaque dimanche, il sortit après déjeuner, fut traîner quatre heures

par les rues, sous une pluie battante et sans un liard sur lui, et ne rentra qu'à la nuit close, en affectant le dandinement léger de l'homme qui a un peu bu, et aussi l'empâtement de la langue, histoire de faire croire à sa femme que les « imbéciles obstinés » comptaient en ville plus d'un ami capable de leur payer à boire.

Et cette grotesque comédie se repré-

senta autant de fois que les mois eurent
de dimanches, les deux époux mettant
leur point d'honneur à ne se céder ni l'un
ni l'autre. D'ailleurs, ils ne se parlaient
plus, ils avaient cessé de se connaître,
couchant ensemble à la façon de deux
étrangers qu'a réunis en un même lit le

trop-plein d'une auberge cosmopolite,
luttant de dignité et de morgue hautaine à
gagner la salle à manger, l'heure venue,
chacun par sa route différente, et sentant
se développer en eux de farouches et
irréconciliables haines.

II

Un jour, en descendant son escalier —
le sien ! — l'oncle posa le pied à faux. Il
dégringola bruyamment et demeura sur
le derrière, dans une obscurité de cave,
à brailler comme un cochon de lait.

Il avait une patte cassée.

Ma tante, comme de juste, accourut, et
te dire son contentement, non ! c'était
à en arracher des cris de joie à un seau de
charbon de terre.

Elle répétait :

— Vingt francs !... On m'eût donné
vingt francs !... je ne serais pas plus satisfaite !

— Vieille gueuse ! criait l'oncle indigné,
vieille coquine ! A-t-on idée d'un tel
monstre de femme !

Mais elle se fichait bien de ça ! Mon ami,
elle suffoquait ! elle râlait littéralement !
et de son doigt, piqué sur la pomme
d'Adam, elle indiquait que les mots ne
voulaient plus sortir, dans l'étranglement
de l'allégresse ! Ah ! c'était une nature
charmante ! Tout de même, elle se décida
à envoyer chercher un médecin, qui posa
le premier appareil et recommanda pour
le blessé une tranquillité absolue.

C'était de-
mander l'im-
possible.

Le blessé
haussa les
épaules ; il ra-
mena son
drap sur ses
yeux, tel au-
trefois César
ramena le pan
de sa toge, et,
bravement,
attendit la
mort.

Aussi bien en était-ce fait à tout jamais
de la tranquillité de mon oncle ; désormais
il portait au sein une plaie ouverte, à
l'égal du Rhin allemand, depuis que
Condé triomphant a déchiré sa robe
verte. La jambe cassée n'était rien :
c'était au cœur que, véritablement, il
avait ressenti un coup, dans le temps que
s'effiloquait sa culotte au bord des marches ébréchées de son escalier — à lui !

Ah ! si ma tante, encore, eût cédé au
plaisir de trompetter sa victoire et de
l'aller crier sur les toits !... Mais non, c'était
une femme forte, qui connaissait le cœur
humain comme si elle en eût vendu et

dédaignait l'insolence dans le succès, sachant fort bien qu'il est tel cas où l'humilité savante du vainqueur est un coup de fer rougi à blanc sur la blessure du vaincu. Durant les onze jours que l'oncle tint le lit, pas une fois elle ne s'oublia, ne souilla d'un mot équivoque, d'une allusion aigre-douce, d'un malicieux sous-entendu, l'éclat immaculé de son triomphe.

Simplement elle gardait une face rayon-

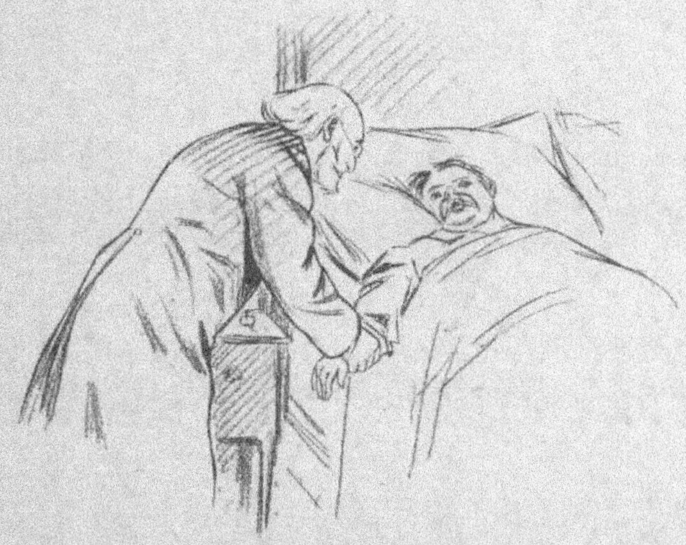

nante, un énigmatique sourire, figé, incrusté dans le coin de sa lèvre et de qui l'atroce ironie poursuivait l'oncle jusqu'en sa ruelle, le pénétrait, jusqu'en ses moelles, d'une innumérabilité de pointes de feu. Suppose le martyre suraigu de l'homme qu'a changé un génie malfaisant en la pelote d'épingles de Jenny l'Ouvrière, et tu auras une vague idée de l'état moral de mon oncle, cependant que, froidement, sciemment, volontairement, ma tante le tuait, à l'épargner ! sucrait, auprès de lui, des tasses de tilleul, affectait des prévenances courtoises, les délicatesses odieuses de l'ennemie pénétrée du sentiment de sa force.

Dans ces conditions, tu comprends, autant eût valu au malade cracher sur sa jambe mauvaise, en priant le bon Dieu pour qu'il gelât dessus. Un beau matin, la fièvre s'en mêla, le délire, tout le diable et son train ; l'oncle commença de discourir à la manière d'une femme soûle, disant que ma tante s'amusait à le faire cuire à petit feu après l'avoir lardé tout vif, qu'elle avait suspendu des lampions allumés aux quatre coins de sa table de nuit et qu'en signe de réjouissance elle tirait des feux d'artifice à travers l'appartement : des bêtises, enfin, des giries, tout un 14 juillet en chambre éclos en un cerveau malade de Prudhomme déshonoré.

Ça devait finir par une catastrophe et, en effet, ayant ainsi, trente-six heures, donné la comédie aux gens, le moribond tourna de l'œil.

C'est très bien ; il arriva ce qui arrive toujours en ces cas-là, à savoir l'ordonnateur des pompes funèbres, suivi d'un quadrille de croque-morts qui mirent mon oncle dans le sapin et se le collèrent sur

l'épaule en criant : « Oh ! hisse ! » Mais
déjà, en la nuit profonde du corridor,
résonnaient les souliers ferrés de ces braves
gens, s'éteignaient les miroitements de
leurs chapeaux et leurs dos aux tons
bleus d'ardoise, quand ma tante intervint
doucement, et, du doigt, indiquant son
escalier, — à elle :

— Eh là ! vous vous trompez de chemin ! Par ici ! messieurs, par ici !

Puis, entre ses mâchoires serrées, tandis
qu'accoudée sur la rampe elle suivait avec
intérêt la descente perpendiculaire et
cahotée de son défunt :

— Je t'avais bien dit que tu y passe-
rais ! murmura cette excellente femme.

LE FILS

I

Moi, dit Treille quand son tour fut venu,
ce ne fut pas avec le mari que j'échangeai
des coups d'épée, mais bel et bien
avec le fils, un polisson de dix-huit
ans, que j'avais connu en bourrelet,
que j'avais tenu sur mes genoux
et bourré de sucre d'orge dans le
Palais-Royal.

Ah! ce fut une drôle d'histoire, à
peine vraisemblable, ma foi. Je
venais de rompre avec la mère,
las d'une existence de querelles
et de perpétuelles chamailleries, et
je soufflais encore d'éreintement
comme un cheval qui a fourni une
trop longue course, quand l'enfant
me tomba à son tour sur les bras,
trouvant sans doute que le droit
au repos ne m'était pas suffisamment acquis par seize années de
purgatoire.

Il n'y eut qu'un cri :

— Seize années !

Treille sourit :

— Mon Dieu oui ; seize années.
Cette petite plaisanterie n'avait pas
duré moins.

— Ah çà ! mais, demanda
Fabrice, tu l'avais donc connue
en nourrice, cette femme ?

— Non, reprit-il, pas tout à
fait, mais enfin je sortais du collège ; j'avais dix-huit ans, j'en
ai juste trente-cinq, vous voyez
que c'est encore récent.

Ah! j'ai eu le temps d'en voir de grises !
Seize ans, ce n'est pas un jour, ça, et il
faut y avoir passé, passé soi-même, pour
bien savoir ce qu'une liaison de cette
trempe vous réserve de désillusions, de

découragements et de tristesses ! J'ai eu
mes bonnes heures, parbleu, mais la vie
est tellement bête, tellement mal bâtie
et absurde, qu'à peine connaissons-nous,

JE DUS LES MENER JUSQU'AU TRAIN

des joies qu'elle nous donne, autre chose
que le regret de ne les avoir plus. Tel que
vous me voyez, mes enfants, j'ai eu ma
bonne part de douleurs, allez ; je vous
flanque mon billet que j'ai bu le calice et

payé de sacrés écots à cette Sainte Misère, patronne de la vie, qui se fait souhaiter sa fête si souvent. Ah ! nom d'un chien !

Il y eut un instant de silence.

On demanda :

— Tu as été très malheureux ?

— Excessivement malheureux, dit-il avec le plus grand calme.

— Pourquoi ? Est-ce qu'elle te trompait ?

Un dédaigneux haussement d'épaules fut sa réponse.

— Est-ce que tu as senti qu'elle ne t'aimait pas ?

Il regarda fixement dans les yeux, comme s'il eût regardé comme un fou, celui qui posait cette question.

— Elle ? s'exclama-t-il ; elle ne m'aimait pas ? Mais, mon cher, le malheur m'aurait jeté dans la boue à l'autre extrémité du monde, qu'elle serait venue m'y chercher sur les genoux ! J'ai été aimé par cette femme comme jamais plus je ne serai aimé, comme personne, personne, entendez-vous bien, ne peut se vanter de l'avoir été plus. Non, mais qu'est-ce que vous voulez, c'est toujours la même histoire, la même fatalité imbécile de la vie, contre laquelle il n'y a pas à se débattre ; nous avons tous passé par là.

Si je vous disais que cette femme dont j'ai reçu toutes les preuves de l'amour le plus tendre, le plus pur, le plus ingénu, dont j'ai épuisé tous les dévouements et toutes les abnégations, qui m'eût sacrifié son fils comme elle m'eût sacrifié son sang si je le lui avais demandé, je l'ai traitée de fille, je l'ai traitée de catin, je lui ai jeté au nez les noms les plus ignobles, encore bien étonné, seulement, de n'avoir jamais tapé dessus ! Ah ! quand la vie se met à être bête, elle l'est bien !

Il ricanait ; un mauvais rire sonnant le faux, où l'on sentait un tas de vieilles rancunes mal éteintes.

Il continua :

— Oh ! au début, ce fut tout plaisir. En avance sur moi de six ans, elle m'aima comme aiment les femmes plus âgées, de cet amour désordonné et fou où il y a de tout à la fois, de la maman et de la grande sœur. Moi, c'est plus simple encore, je m'étais donné à elle, et vous savez si les gamins savent se donner. Je vivais d'elle, par elle, pour elle ; j'aurais déjeuné de ses sourires et dîné de l'odeur de ses gants.

Nous nous étions accrochés l'un à l'autre — car je chercherais vainement une expression plus juste — moi à elle avec l'essor d'une complète virginité d'âme, elle à moi avec l'élan désespéré d'une femme aimante, mal mariée, qui a commencé par se croire perdue et à pleuré pendant quatre ans la faillite lugubre de ses rêves. Et nous allâmes ainsi devant nous, côte à côte, marchant dans une planète à part, superbement dégagés de tout ce qui n'était pas nous, sous l'œil éperdument confiant du mari, une espèce de butor grossier et pas méchant.

Ce fut le meilleur temps de ma vie.

Là-dessus, la guerre arriva, et presque aussitôt, avec elle, dans la hâte effroyable de la catastrophe, l'affolement des Parisiens, pris de vertige, fuyant devant le blocus de leur ville comme devant la petite vérole ou le choléra. Du jour au lendemain, les gares débordèrent, les trains se succédèrent sans relâche, emportant au bout du pays des régiments de poltrons empilés.

Moi, une pensée épouvantable m'était venue :

— Oh ! mon Dieu, est-ce qu'ils vont s'en aller, *eux* aussi !

Ils s'en allèrent.

Non pas que le mari fût lâche ; le personnage, pour être un pauvre homme, n'avait pas besoin de cette honte, mais enfin il y avait l'enfant, un petit être mal portant, chétif, que les misères du siège eussent tué, et qu'il fallait mettre à couvert. Ils partirent donc ; j'étais l'ami de la maison, je dus les mener jusqu'au train et les installer dans le wagon, avec un souhait et un sourire.

J'eus ce courage ; où le puisai-je, je n'en sais rien, mais cependant j'eus ce courage dont le souvenir me donne aujourd'hui le vertige.

Il est vrai qu'une fois à l'air je n'eus que le temps de prendre mon mouchoir et d'y mordre de toutes mes forces, pour ne pas éclater en sanglots dans la rue.

Je passai toute la nuit dehors, battant
les quais sous la pluie, transi de froid,
voyant les flammes des becs de gaz s'al-
longer à travers mes larmes, n'osant
rentrer par crainte de retrouver chez moi
cet arrière-parfum de femme jeune que
chacune de ses visites y laissait.

Je restai ainsi deux journées dans ce
désespoir fou d'enfant auquel
on a pris sa maîtresse, sans
seulement une âme amie à qui
confier mon chagrin, une épaule
où pleurer à l'aise, car j'avais à
tel point la religion de mon
amour que j'eusse vu comme
un sacrilège à en trahir le
mystère.

La troisième jour je reçus
une lettre qu'elle avait trouvé le
temps de m'écrire en cachette,
quatre pages hâtives, désolées,
sans un point, sans une vir-
gule, saignantes comme une plaie
à vif.

Le lendemain j'en reçus une
seconde; le surlendemain une
troisième et ainsi jusqu'au jour
où je ne reçus plus rien, les
messages n'arrivant plus, et je
me trouvai alors dans la situation du mineur sur qui l'éboule-
ment s'est fait et dont la lampe
vient de s'éteindre.

J'abrége.

Le blocus s'acheva, puis ce
fut les affaires de la Commune,
les fusillades dans les rues, est-
ce que je sais! en tout huit
mois épouvantables, pendant
lesquels j'avais vécu comme une
brute, dans une inconsolable
douleur et dans une chasteté
farouche, sans même savoir si
elle était morte ou vivante.

Les balles des Prussiens n'avaient pas
voulu de moi : une charité qui me laisse
froid, du reste.

À la fin, cependant, l'apaisement se fit;
les fuyards rentrèrent en masse, la bouche
pleine de reproches et de larmoiements,
et moi je me remis à espérer un peu, cou-
rant de chez moi à chez elle et de chez elle
à chez moi, et comme ça toute la journée
sans autre résultat que de m'aller buter le
nez à des persiennes éternellement closes.

Dire que j'ai fait ce manège-là deux
cents fois, c'est me mettre au-dessous de la
vérité.

ELLE TOMBA ASSISE SUR MES GENOUX

II

Cette torture prit fin, pourtant.

Un matin on sonna chez moi.

J'allai ouvrir.

C'était elle.

Je ne la reconnus d'abord pas, à cause

de son épaisse voilette et aussi de la déshabitude de la voir qui m'était naturellement venue.

Puis je sentis mon sang qui m'affluait au cœur, j'eus tout juste assez de force et de voix pour lui dire :

— Entre.

Elle entra.

Je poussai la porte derrière elle, et nous restâmes là, face à face, nous regardant éperdument dans le demi-jour du corridor, ne songeant pas même à nous embrasser.

Et brusquement, sans que nous ayons compris comment cela s'était fait, nous nous trouvâmes aux bras l'un de l'autre, les lèvres collées, pleurant à chaudes larmes, avec des sanglots convulsifs où tenait tout l'excès de nos misères passées. Je l'entraînai, elle tomba assise sur mes genoux, prise tout entière dans mon étreinte ; j'en eus pour dix bonnes minutes avant seulement que de songer à lui demander comment elle se portait.

À peine, d'ailleurs, si j'eus le temps de la voir, car elle s'était échappée de chez elle sous je ne sais quel mauvais prétexte ; et, en effet, je m'aperçus qu'elle était venue les mains nues, avec un méchant chapeau de rien du tout, en petite femme de ménage qui va faire ses provisions.

Je lui dis :

— C'est bon, va, sauve-toi !

Et je la gardai sur moi, cependant, tout à l'éblouissement de l'avoir reconquise, de retrouver, après tant de temps, ses petites pattes, sa coiffure en chien fou, et son sourire de Parisienne spirituelle.

Elle revint le lendemain, puis je reçus du mari une lettre m'annonçant leur retour à tous deux, et peu à peu nous reprîmes l'ancien train-train de vie, elle toujours folle, audacieuse, se compromettant à plaisir avec ce toupet infernal des femmes qui se savent intelligentes et que l'épaisse lourdeur d'un mari n'est pas faite pour démonter.

Elle eut alors des bravades insensées, des hardiesses inouïes, qui me cassaient bras et jambes, comme de me donner rendez-vous à quatre heures de l'aprèsmidi, à la terrasse d'un café du boulevard, de monter avec moi en voiture découverte, de se montrer à mon bras au théâtre, aux Champs-Élysées, n'importe où.

Je me laissais faire, entraîné, étourdi, gagné moi-même à cette assurance insolente et à laquelle l'évènement venait toujours donner raison.

Quelquefois je lui disais :

— Tu es folle, nom d'un chien ; avec tes manières de te moquer du monde, tu finiras par nous faire pincer.

Mais elle avait un « Bah ! » qui répondait à tout, avec un petit rire de défi porté à l'humanité tout entière.

Et, de fait, pendant plus de deux ans, nous avons promené notre amour au soleil d'un bout à l'autre de Paris, sans que jamais ni elle ni moi nous ayons rencontré un chat.

Il n'y a que les gens en faute pour avoir des chances pareilles.

Et, au surplus, que pouvais-je répondre à une femme qui courait de gaieté de cœur le risque de se perdre, jouait sa réputation et peut-être sa vie pour le seul plaisir de se donner davantage ?

Pauvre petite, je lui dois bien les plus grandes douleurs de ma vie, mais aussi les heures les plus douces, et toute la question est de savoir si nous devons garder plus de rancune aux femmes du mal qu'elles nous auront fait, ou plus de reconnaissance des joies qu'elles nous auront prodiguées.

III

Un jour le mari mourut.

J'accueillis avec toute la satisfaction imaginable la disparition d'un personnage peu important par lui-même, et dont je ne vous cacherai pas que j'étais sourdement jaloux. C'était cependant le plus grand malheur qui pût frapper notre amour, et si je n'en soupçonnais rien sur le moment, je n'en acquis plus tard qu'une preuve plus éclatante.

Oh ! le mari, le précieux mari ! le personnage indispensable à la solidité des liaisons adultères ! le monsieur qui vous gêne, vous irrite, vous assomme ! l'empêcheur de danser en rond qui fait rater vos rendez-vous, se met dans vos jambes, vous barre le passage, et avec ça entretient chez l'amant le désir toujours frais de la femme, par cela qu'il le contrarie et en modère les élans d'une main guidée par la prudence même !

Je tardai peu à reconnaître l'impérieuse utilité de ce serviteur méconnu !

Car, une fois débarrassés de lui, nous n'eûmes plus qu'une idée en tête : nous débarrasser de l'enfant qui commençait à avoir ses sept ans et dont les grands yeux clairs, fixés parfois sur nous avec d'étranges inquiétudes, ne laissaient pas que de nous gêner.

Le parti fut donc vite pris : en quinze jours, la mère lui bâtit son trousseau, tandis que je courais moi-même tous les environs de Paris, à la recherche d'un pensionnat propre, que je finis par dépister entre Sannois et Argenteuil, et où le gamin entra séance tenante, les poches bourrées de pâtisseries.

Et alors, nous demeurâmes seuls, dans un seul à seul absolu et qui eut d'abord pour effet de donner une recrudescence à notre amour.

Nous nous aimâmes et nous nous prîmes comme si jamais encore nous ne nous étions eus et comme si les quatre ans de liaison que nous avions derrière les talons n'eussent été pour nous que de longues fiançailles. L'idée d'une possession complète, à laquelle ne venait plus se mêler cette vision odieuse du partage, qui tant de fois m'avait poursuivi et hanté, m'avait jeté dans une sorte d'affolement, dans un paroxysme de désir insatiable qu'il me semblait que jamais rien ne pourrait éteindre, et qu'elle, d'ailleurs, en pleine floraison de sa maturité ardente, laissait s'ébattre tout à l'aise.

Elle approchait de la trentaine, restée mince et élégante, avec quelques cheveux blancs précoces, et possédant au suprême degré cette coquetterie irritante des Parisiennes de pure race. Je n'ai jamais connu la pareille pour savoir sauter du lit et mettre ses bas le matin, et aussi bien est-ce là l'une des plus grosses raisons qui

font que je ne lui en veux pas, après tout le mal qu'elle m'a fait. Au fond, on pardonne tout aux femmes hormis d'avoir les jambes maigres entre les hanches et les jarretières.

Cependant il fallait bien que cette petite fête eût une fin, et elle eut une fin en effet, phénomène qui naturellement ne s'accomplit pas du jour au lendemain, mais qui, au bout du compte, s'accomplit tout de même.

Ça commença par des bêtises, de vagues agacements que d'abord je pris plutôt pour des agaceries, de ces attaques anodines qui ne sont rien et ne méritent même pas la peine d'une remarque.

Il y a des heures où les femmes ne sont pas à prendre avec des pincettes, particularité qui échappe quelquefois et pendant un assez long temps aux amants des femmes mariées, parce que ces heures-là, en fines mouches qu'elles sont, c'est aux maris qu'elles en réservent la jouissance.

D'ailleurs, vu la façon dont elles se terminaient, ces petites piques insignifiantes n'avaient rien que de très-supportable, et je les acceptai volontiers jusqu'au moment où, commençant à m'étonner de leur fréquence, je harponnai ma coupable au passage, l'assis de force sur mon genou et lui demandai entre quatre z-yeux :

— Ah çà ! qu'est-ce que tu as, voyons ? Tu deviens impossible depuis quelque temps.

Elle dit :

— Qui ça, moi ? En voilà une idée ! Je ne sais pas ce que tu veux dire.

— Très bien, répondis-je, dès l'instant que tu ne sais pas ce que je veux dire, voilà la question tranchée. Laissons cela et n'en parlons plus.

Et en effet, nous n'en parlâmes plus, car pendant toute la quinzaine qui suivit, elle fut plus chatte et plus charmante que jamais, avec de ces câlineries mièvres qui faisaient d'elle le plus exquis et le plus adorable petit être qu'il soit possible de rêver.

Justement les premiers beaux jours étaient venus, en sorte que nous nous donnions des indigestions de campagne, partant le matin, au saut du lit, pour ne rentrer chez nous que par le dernier train, éreintés d'avoir canoté ou couru toute la journée.

Ce fut une période charmante qui se prolongea tant qu'il fit beau ; puis, peu à peu, les impatiences un moment dissipées reparurent, les besoins de gronderie pour des riens, pour un objet changé de

...S'ÉLANCE DANS L'ESCALIER.

place ou pour une cigarette demeurée éteinte par mégarde sur un angle de la cheminée.

Tout cela, d'ailleurs, n'était pas grave pour deux sous et j'eusse cru une absurdité d'attacher la moindre importance à de petites mauvaises humeurs momentanées qui s'en allaient comme elles étaient venues, avec un mot ou une caresse.

Je ne songeai à m'émouvoir que quand elle commença à ne plus rendre le baiser, à se laisser embrasser comme par complaisance avec une bouderie rancunière de femme blessée. Je ne dis rien encore, redoutant avec raison le danger d'une première querelle, et me bornant à hausser les épaules à chaque avertissement nouveau d'une transformation de plus en plus évidente et à laquelle bon gré mal gré je m'obstinais à ne pas vouloir croire.

Et je me creusais la tête à m'efforcer de comprendre, me demandant :

— Mais qu'est-ce qu'elle a ? Qu'est-ce que c'est ?

Ce n'était pourtant pas difficile à deviner : c'était le caractère impossible de la femme, que la passion rassasiée à demi n'était plus de force à dompter, et qui reparaissait lentement, comme reparaît la trame sous une étoffe qui s'use.

Vous n'avez pas la prétention de m'aller faire résumer en vingt mots le travail de douze années et vous analyser ici, phrase par phrase, la lente décomposition de cet amour, pétri de larmes, d'extases, de sanglots !

Cela procéda par nuances insensibles, par graduations insaisissables.

Ce fut d'abord la période du monsieur qui, flairant une querelle dans l'air et voulant la paix à tout prix, use l'un après l'autre tous les écheveaux de patience dont la Providence l'a pourvu, serre les mâchoires, ricane en dedans, oppose toute sa volonté et toute sa force à l'énervement qui le gagne, tandis qu'elle, de son côté, visiblement exaspérée, affine les pointes de ses attaques, devient ironique et amère, fait de l'esprit, se venge bruyamment sur les meubles.

Ce fut ensuite la période plus aiguë du monsieur qui bondit de sa chaise, saute sur son chapeau, s'élance dans l'escalier, va prendre un bock, deux bocks, trois bocks, le temps que ses nerfs se détendent ; puis la période plus grave encore du monsieur que la rage a gagné avant qu'il ait eu le loisir de gagner lui-même la porte, et qui se met enfin de la partie.

Successivement, je disparus ainsi, une

ELLE RETROUVA SES ANCIENNES DOUCEURS.

heure, puis deux heures, puis trois heures, puis toute la journée, puis la nuit.

Ah ! par exemple, cette fois, la leçon, un peu raide, porta.

Je me rappelle que le lendemain, quand je me décidai à revenir, elle était rendue à la porte avant même que ma clef eût fait le tour du pêne :

— D'où viens-tu? Qu'est-ce que tu as fait?

Elle avait le visage retourné, avec des yeux mangés de larmes.

J'eus un haussement d'épaules :

— D'où veux-tu que je vienne? J'ai couché à l'hôtel, parbleu !

Elle répondit simplement :

— Ah?

Et elle resta une grande minute à me regarder dans les yeux, avec une fixité inquiète.

Ce fut tout.

Pendant quelques jours elle fut souple, douce, charmante, elle retrouva ses anciennes douceurs et ses gamineries enjouées des premiers temps. Malheureusement ça ne dura pas et le mois ne s'était pas achevé que nous en étions revenus au point de départ.

Nous continuâmes ainsi des mois et des années menant de front nos amours et nos batailles, dans un continuel ballottement du gris au rose et du rose au gris, nous prenant le matin aux cheveux, pour nous en aller dîner le soir dans quelque cabaret de banlieue dont nous revenions à la nuit, amoureusement enlacés, comme des amoureux de Schiller.

Trente-six fois nous avions tâté de la rupture et toujours je ne sais quelle force nous avait ramenés l'un à l'autre.

J'essayai de tout : j'eus des absences de quinze jours au bout desquels le premier lassé de nous deux arrivait un matin chez l'autre avec un sourire ou une larme qui scellait le bail d'une nouvelle réconciliation ; je la trompai, je pris des maîtresses que je flanquais régulièrement à la porte à la fin de la première semaine.

Il semblait que la fatalité nous avait rivés l'un à l'autre ; en même temps qu'en nous donnant à tous les deux une nature à peu près identique, elle nous animait mutuellement de la force de deux aimants qui se repoussent.

Quelquefois aux heures d'accalmie, je la prenais doucement sur mes genoux, une main autour de la taille, comme on fait d'un bébé auquel on montre à lire, et je lui faisais de la morale, des représentations très sages, très sensées, qu'elle écoutait avec une gravité extrême, avec un petit air pénitent et contrit, de pensionnaire à confesse, en suivant du bout de son pied le mouvement balancé de sa pantoufle.

Elle disait :

— Oui, ah ! je sais bien, je ne suis pas toujours commode, mais qu'est-ce que tu veux, ça n'est pas de ma faute, il faut me garder comme je suis. Ça ne m'empêche pas de t'aimer bien, tout ça.

Une fois, elle me dit :

— Vois-tu, mon pauvre chat, il faut en prendre ton parti. Essaye de rompre si tu veux, tu n'en trouveras pas le courage. Il y a trop de larmes entre nous ; nous n'en sortirons jamais.

Elle se trompait ; nous en sortîmes.

IV

Nous en sortîmes parce qu'un jour vint où j'en eus tout de même assez.

Déjà, à vingt reprises différentes, je lui avais envoyé, sous forme de billets laconiques et à la suite de scènes violentes, le sceau définitif de notre rupture ; mais une fois arriva enfin, qui fut la bonne.

Je disparus.

Un mois tout entier se passa sans qu'elle ni moi nous nous donnâmes signe de vie ; après quoi je reçus une lettre enfantine, écrite en style de cérémonie, dans laquelle elle m'appelait monsieur et m'assurait de toute sa considération en me priant de passer chez elle pour y recevoir un avis de la plus haute gravité.

Je remis le billet sous son enveloppe et l'envoyai retrouver ses semblables au fond du tiroir aux souvenirs, où ils dormaient côte à côte comme les frères du petit Poucet.

Trois jours après, ce fut elle-même qui vint.

Je fis dire que j'étais absent et je m'abstins de sortir avant la nuit tombée, ce qui me valut une nouvelle lettre, sincère celle-là, où il était parlé de trente-six choses à la fois, de torts mutuels, de désespoir, d'isolement, toujours sans points et sans virgules.

Je fus troublé ; je vis le moment où j'allais faiblir une fois de plus, d'autant que sitôt éloigné d'elle les mauvais souvenirs s'effaçaient pour ne plus me laisser que la vision mélancolique des bonnes heures qu'elle ne me donnerait plus. Je réfléchis, j'eus ma petite tempête sous un crâne, je fis battre l'un contre l'autre le peu de bon sens que j'avais et cette sentimentalité absurde de collégien dont je n'ai jamais pu me dépêtrer.

Bref, je pris l'énergique parti de m'éloigner et d'aller mettre ma faiblesse en sûreté de l'autre côté de la montagne.

Et c'est alors que je me sauvai en Italie où je demeurai tout l'hiver et une partie du printemps qui suivit.

Quand je revins, c'était fini et bien fini.

Je le compris à la froideur indifférente avec laquelle je parcourus l'une après l'autre les lettres qu'elle n'avait cessé de m'adresser pendant le temps de mon absence et que je trouvai à mon retour, accumulées sur ma table de travail.

Je me sentis dégagé d'elle, arraché enfin à ces mains entre lesquelles j'avais laissé le meilleur de mon existence, à la domination de cette étrange charmeuse qui ne m'apparaissait déjà plus que comme nous apparaît encore le souvenir doux et un peu vague des morts que nous avons aimés.

Le temps passa ; les jours et les semaines coulèrent sans que j'entendisse parler d'elle.

Un jour que je travaillais seul, mon domestique vint entr'ouvrir ma porte et m'annoncer un nom qui me fit tressaillir.

Ce nom, c'était celui du fils.

Je donnai l'ordre de faire entrer et j'allai au-devant du jeune homme, en lui tendant une main qu'il parut ne pas voir.

C'était un garçon pâle et frêle, portant à peine ses dix-huit ans, et en qui je retrouvai tout de suite l'image vivante de la mère à l'époque où je l'avais connue. L'expression singulière de ses traits me frappa, en même temps que l'air de grande gêne avec lequel il se présentait, et la première idée qui me vint fut qu'il venait me demander un service sans savoir par quel bout s'y prendre.

Je lui dis :

— Assieds-toi, mon vieux ; tu es gentil d'être venu.

Puis, voyant qu'il demeurait debout :

— Voyons, repris-je, qu'est-ce qu'il y a ? tu as un air solennel ! Tu as fait des bêtises ? et tu viens t'adresser à moi pour que je te tire d'affaire ? Eh bien, tu as bien fait, parbleu ! Combien te faut-il ?

Mais il m'interrompit d'un geste :

— Non, oh non, merci, ce n'est pas cela.

Je continuai :

— Quoi, alors ? C'est une femme ? Parle ; tu n'as pas à te gêner avec moi.

Cette fois encore, il eut un hochement de tête. Je commençai à m'étonner et je le regardai fixement.

A la fin, il se décida, s'assit, et la tête baissée, avec un regard qui fuyait le mien :

— Monsieur, me dit-il, je viens accomplir auprès de vous une démarche qui, peut-être, vous paraîtra bizarre, devant laquelle moi-même j'ai hésité longtemps, mais que je crois cependant de mon devoir de ne pas retarder davantage. C'est de ma mère qu'il s'agit.

Étonné de cette conclusion inattendue, je m'inclinai sans répondre, et j'attendis avec le plus vif intérêt la fin de ce petit discours évidemment préparé dans la rue.

Il continua, parlant d'une voix à demi éteinte et que son émotion visible secouait de hoquets par instants. Tour à tour, il rappela sa toute jeune enfance, la mort de son père et, tout de suite, son entrée précipitée dans le pensionnat de Sannois où il devait rester dix ans, reclus et presque abandonné, dans une mélancolie que le temps des vacances et les visites de la mère égayaient de rares coups de soleil : tout un poème d'enfance sensible et délaissée, que je connaissais aussi bien que lui.

J'écoutais toujours, silencieux, intrigué, me demandant où diable il voulait en venir, ouvrant des yeux de plus en plus larges à mesure qu'il entrait plus avant dans le récit, se montrait grand garçon déjà et parlait des rêveries étranges qui l'obsédaient pendant le silence et le recueillement des heures d'étude.

Brusquement, il s'interrompit, étouffa dans sa main un léger accès de toux, puis reprit de sa même voix blanche :

— Quand enfin, les études achevées, je pus rentrer à la maison, la première chose qui me frappa fut le changement considérable survenu en quelques mois de temps, aussi bien sur le visage même que dans le caractère de ma mère. Lors de mon dernier congé, je l'avais quittée gaie, jolie, presque jeune femme ; je la retrouvai presque vieille, les tempes blanches, avec une expression de tristesse qui me donna une secousse au cœur, car j'ai toujours eu pour ma mère une véritable adoration. Deux ou trois fois je la surpris à pleurer ; je l'interrogeai anxieusement, je n'obtins d'elle que des réponses vagues et des sourires qui m'attristèrent plus encore que ne m'avaient attristé ses larmes. Alors la tête me travailla, je cherchai, je voulus une explication. Et peu à peu des rapprochements s'opérèrent, des coïncidences singulières, des détails déjà effacés à demi, où vous étiez mêlé, monsieur, vous dont la présence s'accouplait à mes plus lointains souvenirs, en qui je n'avais vu jusqu'à ce jour que l'ami le plus ancien et le plus cher de ma famille, et dont la subite disparition, rapprochée d'une douleur que rien ne m'expliquait, éveillait brusquement en moi une idée tellement atroce que mon premier mouvement fut de m'aller jeter en pleurant aux pieds de celle que mon soupçon avait flétrie.

Il était devenu très pâle, les lèvres blanches comme de la cire, les paupières agitées d'un clignotement nerveux.

Il continua cependant :

— Ah! monsieur, si jamais un cauchemar abominable a hanté la pensée d'un homme et torturé sa fierté, c'est bien celui contre lequel je dus me débattre avec toute l'énergie de mon désespoir tandis qu'il s'enfonçait plus cruellement en moi à chaque effort que je tentais pour le combattre, le terrasser, l'anéantir sous mes talons. Car j'eus le courage de le regarder face à face, et de lutter corps à corps avec lui. Hélas! épargnez-moi, monsieur, l'extrême douleur d'aller plus loin ; vous savez, aussi bien que moi-même, quels résultats devaient atteindre toutes ces luttes et devant quelles évidences je devais enfin désarmer, anéanti, brisé par le plus effroyable chagrin qui puisse frapper un honnête homme... Monsieur, je n'ai pas à disculper ma mère ; c'est à vous que je laisse ce soin ; mais s'il ne m'appartient pas de vous demander ici compte de sa conduite, tout au moins puis-je vous demander compte de son bonheur, et c'est pourquoi je viens vous sommer de me dire, dès l'instant que vous avez été l'amant de ma mère, pour quelle cause vous avez aujourd'hui cessé de l'être.

Je vous disais, en commençant, que cette histoire était à peine vraisemblable : le moment est venu de le redire.

Tout d'abord je ne compris pas, démêlant péniblement au fond de ce fatras tout à la fois touchant, maladroit et prétentieux, je ne sais quel héroïsme vague dont l'excessif me déroutait.

Mais brusquement je compris tout, et alors je restai comme idiotisé, l'œil écarquillé, la bouche bée, devant le monstrueux dévouement de ce fils, étouffant, bâillonnant, étranglant son orgueil, pour reconquérir à sa mère l'amant parti qu'elle pleurait.

Enfin, je me remis, et, doucement :

— Mon cher enfant, lui dis-je, ton extrême jeunesse et aussi le bon sentiment qui te font agir, non seulement excusent, mais rendent presque admirable l'audace inouïe de ta démarche. Cependant je t'interromprai immédiatement : je n'ai jamais été l'amant de ta mère, je t'en donne ma parole d'honneur. Je l'aime profondément, c'est vrai, parce que c'est une femme pleine d'esprit et de cœur et dont j'ai pu en mille occasions apprécier le très grand mérite, mais sois sûr que je n'ai jamais été pour elle que son ami le plus sincère et le plus dévoué.

Alors il eut un petit sourire dont l'amertume me fit mal :

signées de vous que j'ai prises cette nuit à ma mère?

Je n'avais plus rien à répondre.

Je dis : « C'est bien », et je m'inclinai, dans l'attente d'une conclusion.

Lui, garda un instant le silence, puis, comme je persistais à me taire :

— Eh bien, monsieur, fit-il, voici : quand on a commis la malhonnêteté de déshonorer une femme de bien, en a du

IL ÉCLATA EN SANGLOTS.

— Oui, dit-il simplement, je sais, je m'attendais à cette réponse, la seule que votre compassion pût vous dicter ; mais vous pensez bien, n'est-ce pas? que je ne serais pas allé m'aventurer dans une démarche semblable, sur la foi de pures suppositions. Soyez tranquille : si j'agis comme je le fais, c'est que je n'ai même plus, hélas! la triste consolation du doute. Dois-je vous montrer les lettres

moins cette probité de ne pas faire son désespoir après avoir causé sa chute, et de ne pas l'abandonner lâchement à son isolement et à ses remords. Que vous a donc fait ma mère pour que vous la trahissiez? Quels reproches pouvez-vous élever contre elle? Qu'a-t-elle fait d'autre que de vous tout sacrifier, de vous aimer plus que tout et mieux que tout? Ah! tenez, ce que vous faites là est indigne,

c'est une mauvaise, mauvaise action,
dont vous aurez à vous repentir toute
votre vie.

Une violente émotion le gagnait ; ses
paroles tombaient de sa bouche par
saccades, tandis que ses yeux, peu à peu,
se gonflaient de larmes contenues.

Et, brusquement, il éclata en sanglots,
criant :

— Ma mère est une honnête femme !
Ma mère est une honnête femme !

J'étais bouleversé. Je m'exclamai :

— Eh ! parbleu ! je le sais bien, que ta
mère est une honnête femme !

— Alors, fit-il, subitement calmé, pourquoi agissez-vous ainsi, si ce n'est parce
que vous-même vous êtes un malhonnête
homme ?

— Ah ! mais, m'écriai-je, pardon ! voici
qui devient un peu raide, et vous êtes
heureux de n'être qu'un enfant. Qu'est-ce
que vous venez réclamer, après tout ?
Vous arrivez dans l'intention de me
reprendre par la main et de me ramener,
repentant et contrit, entre les bras de
votre mère ? En vérité, vous ne paraissez
pas vous douter que si vous aviez seulement deux ans de plus, votre conduite
serait tout simplement odieuse. Eh bien !
parfaitement, c'est vrai, j'ai été l'amant
de votre mère, je l'ai été pendant seize
ans — en quoi je ne vous apprends rien,
puisque vous avez poussé l'indiscrétion
jusqu'à fouiller dans ses papiers — et si
aujourd'hui je ne le suis plus, c'est que
j'ai, pour ne plus l'être, des raisons dont

je suis seul juge, et dont vous devriez,
d'ailleurs, être le dernier à vous mêler.

Là-dessus, ne le voilà-t-il pas qui se
lève et s'avance sur moi, la main haute !

Heureusement, je vis le mouvement,
j'arrêtai le soufflet au passage et je saisis
mon gamin au poignet.

Il criait :

— Oui, vous êtes un lâche ; vous êtes
un misérable et un malhonnête homme,
et je vous souffletterai en pleine rue, si
vous refusez de vous battre avec moi !

— Ah ! dis-je alors, c'est très bien ;
c'est un duel que vous voulez ? Eh bien,
mais mon cher, battons-nous, qu'est-ce
que vous voulez que je vous dise !

Et, en effet, nous nous battîmes ; nous
nous battîmes le surlendemain dans les
bois de Montmorency ; ce fut une chose
ridicule et à la fois presque tragique. Me
voyez-vous en face de cet enfant à peine
fait, qui présentait à mon épée une poitrine et des bras de fillette !

Ah ! je m'en souviendrai, de celle-là !

Je tremblais comme une feuille au
vent, pensez donc ! avec cette espèce
d'enragé qui tapait à droite et à gauche
et se fendait sur mon fer, comme un fou.

C'est miracle si j'ai réussi à ne pas
le tuer.

Enfin, tout finit pour le mieux, et je
lui fis au doigt une piqûre qui mit fin
à ce combat grotesque.

Pauvre bon petit être, si je lui avais
fait le moindre mal, je crois que je le
pleurerais encore !

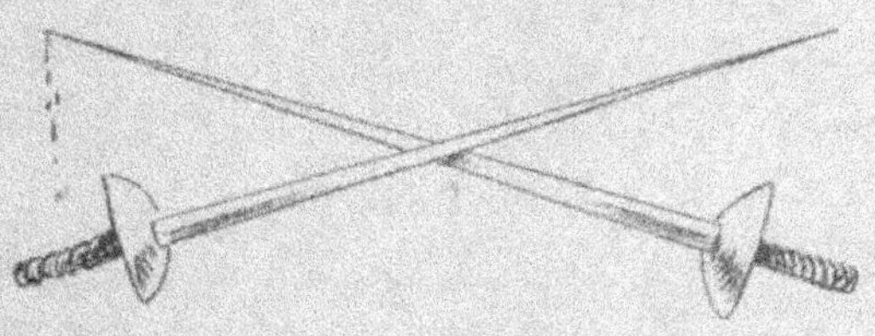

LA GOURDE

I

Il y a, pour les gens très bêtes, un spectacle très récréatif : c'est celui d'un homme de lettres dans l'exercice de ses fonctions. Non, je ne crois pas qu'il soit un champ où fleurisse, s'épanouisse, prospère de plus luxuriante façon, l'observation narquoise des niais et leur ineffable goguenarderie.

Je connais à Batignolles, à deux pas de la rue Nollet, un petit café d'habitués, que déserte la clientèle après l'apéritif du soir et qu'on ne sait quelle étrange idée fixe tient pourtant ouvert jusqu'à dix et onze heures, vrai estaminet de sous-préfecture, qu'on croirait échappé à un dizain de Coppée et où tout tourne à l'événement, l'apparition d'une figure nouvelle ou un écart de vingt-cinq sous dans l'équilibre des recettes. On y est

bien pour travailler ; son calme, jamais introublé, où ronronnent comme des matous les lampes à gaz du plafond, rappelle le collège, l'étude. La rêverie est là comme chez elle, en sorte que j'ai pris l'habitude d'y venir chaque soir, une heure, aligner du noir sur du blanc, en buvant une tasse de café et en dégustant la douceur d'être le bouffon des quelques crétins dont suit la nomenclature :

1° Le patron de l'établissement ; homme à tête de président de Cour, constellée de petite vérole ;

2° L'épouse du susdit, femme de qui l'austère retenue proclame l'austérité des mœurs ;

3° Le garçon, Félix, délicat éphèbe de vingt ans, dont j'estime que le frotteur cire le matin les lumineux bandeaux ;

4° Le plongeur, autrement appelé officier, roi au royaume des pattes sales, usufruitier de deux avant-bras craquelés de graisse, et devenus, ainsi, assez semblables à des potiches.

Il y a aussi un salé, âgé d'une vingtaine de mois, lequel, malgré sa grande jeunesse, excelle déjà dans le bel art de faire

LE PATRON...

voltiger sa cuiller par le vide des libres espaces et d'imprimer à sa petite chaise le piétinement successivement monotone, agaçant, puis insupportable, d'une jument qui s'impatiente. Nul doute que cet aimable enfant ait tout à espérer de la vie, car il est plein d'intelligence. Cela se lit sur son visage où revit la flamme paternelle ; mais surtout sa façon de jeter,

sans qu'on sache à propos de quoi et à l'instant qu'on s'y attend le moins, des cris perçants de cochon de lait qui s'est pris la queue dans une porte, donne à penser au philosophe, fait augurer avantageusement des séductions de sa conversation encore embryonnaire, hélas!

Deux fois par jour, de chaque côté d'une table chargée de mets, une tradition familiale réunit ces diverses personnes. Et ma gloire est de voir chaque soir, à la minute où j'apparais sur le seuil du petit café, s'épanouir les quatre visages que je me suis efforcé de dépeindre, se rétrécir ces quatre paires de lèvres sur quatre fous rires mal contenus, tandis que transpire à travers le bourrelet de ces quatre bouches cadenassées cette quadruple constatation, — susurrée à peine, il est vrai, mais en un unisson touchant :

— Voilà la gourde qui arrive.

La gourde ?

La gourde.

Quelle gourde ?

Ne cherchez pas, je vous en prie... C'est de moi-même qu'il s'agit.

C'est que je suis le coup de soleil de cette triste et sombre maison ; je suis le rigolo annoncé à la porte et impatiemment attendu ; le bon fou qui a reçu du ciel la mission de divertir le pauvre monde en venant étaler au grand jour le spectacle réjouissant de sa difformité cérébrale.

Je voudrais être psychologue. Oui, je voudrais savoir lire dans les âmes aussi bien que Léon Daudet, mon cher et illustre ami. J'aurais la veine de pouvoir démêler ce qui peut bien se passer dans celles-là ! Avec quelle satisfaction j'en déchiffrerais les ténèbres ! Avec quelle joie j'en parcourrais les dédales !...

— fixe enfin sur cette optique spéciale, particulière aux imbéciles, qui leur transforme en phénomène un homme bâti à leur image, UNIQUEMENT PARCE QU'IL ACCOMPLIT, OU DU MOINS S'EFFORCE D'ACCOMPLIR, UNE BESOGNE D'ORDRE SUPÉRIEUR.

Dieu ne m'a pas livré son secret.

Qu'il le garde.

II

Cependant je gagne ma place accoutumée, et aussitôt la fête commence. Respectueux des manies du pauvre insensé, le garçon, qui s'est levé de table, vient spontanément déposer devant moi un encrier et un buvard. Il s'acquitte de cette mission avec beaucoup de gravité, prouvant ainsi à quel point il sait rester maître de soi quand les circonstances l'y obligent. Mais la force d'âme a des bornes : à peine m'a-t-il tourné le dos que déjà je vois ses épaules s'agiter convulsivement, secouées du tressautement des muettes allégresses. De leur côté, le président de Cour et la dame à l'austère retenue ont baissé le nez sur leurs assiettes où blêmissent des tranches de veau parmi la bouse de l'oseille. Ce sont des gens bien élevés, en effet ; ils mettent, à se payer ma figure, une discrétion de bon goût, faite à la fois de compassion pour mon état misérable et du désir bien légitime de ne pas perdre ma clientèle.

Pourquoi faut-il que le plongeur ne prenne pas exemple sur eux !...

Malheureusement, celui-ci est terrible! Né malin, il lui faut, quand même et à tout prix, affirmer qu'il est né malin : et pendant que, penché sur ma feuille, j'y accouple, en suant de douleur, des mots que je biffe à l'instant même pour en mettre d'autres à la place, à travers mes paupières tombées je sens se fixer sur moi la goguenarderie assassine dont pétillent les yeux de cet espiègle. Ma vue, à vrai dire, lui est un spectacle dont il ne saurait se rassasier. Du ridicule qui me submerge et que je dois à l'extravagance de ma profession, il se repaît, se gave, se saoule. S'il ne sentait tout son sang se glacer de terreur dans ses veines à l'idée qu'il pourrait ne plus me voir depuis longtemps il eût lâché ce coin perdu, transporté en de plus nobles lieux ses rares talents, son chic à récurer l'évier, son habileté sans égale à savoir débourrer le matin, de son seul manche à balai verticalement abaissé comme une perpendiculaire sur l'hypoténuse d'un triangle

rectangle, la gueule encombrée du goguenot. L'heureux homme!... Quelquefois nos regards, s'étant par hasard rencontrés, s'attardent à se contempler l'un l'autre. Alors, il ne se connaît plus : la nécessité où il est de donner libre cours à sa joie l'emporte sur sa raison. Il élève son verre vers sa bouche, laborieusement il en introduit le bord dans l'étau de ses lèvres closes, et pendant une, deux, trois minutes, il en maintient de sa main fébrile la position horizontale, suffoqué,

LE PLONGEUR...

soulagé pourtant, éperdu et silencieux, riant au point d'en perdre le souffle, dans ce qu'il a l'air de boire !...

Je le répète, j'aimerais être Léon Daudet, pour pouvoir inonder de clarté cette âme si étrangement complexe. Mais je ne détesterais pas, non plus, devenir le divin Homère, puisque, grâce à cet avatar, je pourrais en vers imposants, plus durables que l'airain lui-même, magnifier le petit salé et l'impétuosité sans bornes de sa joie. Ici, plus de grimaces ; plus de feintes. La simplicité du sujet, alliée au sens critique dont le ciel l'a pourvu et à la folâtrerie naturelle de

son humeur, remplace chez lui les bien-
faits de l'éducation. D'abord, comme figé
de stupeur, il attache sur moi de longs
regards, ne perdant aucun de mes mou-
vements, suivant de loin, avec une
anxiété croissante, la marche hâtée de
ma main sur la blancheur du papier.
Et tout à coup, d'une voix qui sonne
dans le silence en appel strident de trom-
pette :

— Monsieur la gourde !... C'est Monsieur la gourde ! hurle-t-il.

Car plusieurs fois dans la journée, sou-
cieuse d'obtenir la paix, sa maman lui a
crié : « Gare !... Si tu ne te tiens pas
tranquille, si tu ne veux pas manger ta
soupe, si tu te mets les doigts dans le
nez ou si tu tires la queue au chat, tu ne
verras pas la gourde ce soir ! » si bien
qu'après avoir pâli à l'idée de ne pas voir
la gourde, il triomphe de la voir tout de
même. En vain, rouges de confusion,
épouvantés à la pensée d'être privés des
trente centimes que je dépense chaque

soir chez eux, ses parents tentent de
mettre un frein à ce torrent de jovialité
intempestive et l'empiffrent de pommes
de terre dans l'espoir d'acheter son
silence :

— Monsieur la gourde !... Monsieur
la gourde !... reprend-il en semant par les
airs des flots de nourriture intacte.

En même temps, de façon qu'il n'y
ait d'erreur pour personne, il me signale,
il me désigne, de son petit bras étendu.

Cher enfant !

Moi, je lui souris de loin, avec bien-
veillance. Pardieu ! qui serais-je si je pré-
tendais refuser à son innocente jeunesse
le bénéfice de l'immunité ? Puis, entre
nous, mon rôle de jocrisse n'a rien qui
soit pour me déplaire. Qu'est la vie,
sinon un prétexte à nous blaguer les uns
les autres ? D'ailleurs je ne vois pas pourquoi je prendrais de l'humiliation à faire
rire des honnêtes gens, alors que l'auteur
de *Tartufe* et du *Bourgeois gentilhomme*
n'a jamais fait autre chose.

FIN

TABLE

Pour paraître le 15 Août le N° 9 :

NOUVELLE COLLECTION ILLUSTRÉE

L'ouvrage complet, **95** centimes.
Relié, **1** fr. **50**.

Une Passade

PAR

Pierre VEBER et WILLY

Illustrations de L. BARBUT-DAVRAY

Vient de paraître le N° 7 :

NOUVELLE COLLECTION ILLUSTRÉE

L'ouvrage complet, **95** centimes.
Relié, **1** fr. **50**.

LA

Dame aux Camélias

PAR

ALEXANDRE DUMAS Fils

Illustrations de JORDIC